I PRÊMIO
ANNA MARIA MARTINS

CB136003

UBE UNIÃO BRASILEIRA DE ESCRITORES

LARANJA ● ORIGINAL

I PRÊMIO
ANNA MARIA MARTINS
contos selecionados

1ª Edição, 2022, São Paulo

Carla Regina Rodrigues Bessa
Marcos Vinícius Ferreira de Oliveira
Paula Novais Ferreira Mota Guedes
Bruno Macêdo Mendonça
Celso Antônio Lopes da Silva
Thiago Álvares Feital
Lourenço Paulo da Silva Cazarre
Flávio Adriano Nantes
Roberto Atihé Curan
Alexandre Siloto Assine
Fernanda Caleffi Barbetta
Mário Sérgio Baggio
Érica Nara Bombardi
Itaércio Porpino de Paiva
José de Anchieta de França Mendes

APRESENTAÇÃO

Ricardo Ramos Filho
Presidente da UBE

A UBE (UNIÃO BRASILEIRA DE ESCRITORES) é uma entidade antiga, nasceu em 7 de janeiro de 1958, como resultado da fusão da ABDE (Associação Brasileira de Escritores), seção de São Paulo, com a Sociedade Paulista de Escritores. Criada sob a égide da defesa de nossa herança literária, luta intransigente por liberdades democráticas, e desejo de coexistência pacífica com todos os povos, a entidade vem atravessando os tempos com maiores e menores dificuldades. Dependendo exclusivamente das mensalidades pagas por seus sócios, em algumas oportunidades atravessou inadimplências perigosas, precisou lutar para sobreviver.

Enfrentou nos anos da ditadura militar conturbações na ordem jurídica do país. Escritores foram presos, houve apreensão de livros, bibliotecas particulares foram requisitadas. Durante todo o período colocou-se sempre do lado dos perseguidos, foi voz presente, publicou artigos, manifestos, denunciando as violências cometidas. Chega aos dias de hoje novamente atenta. Em nossa gestão diversas vezes precisamos vir a público nos posicionar. Em uma delas, por exemplo, fizemos questão de deixar clara a nossa não aprovação da taxação dos livros. Em várias outras, mergulhados em um regime homofóbico, misógino e racista, como estamos, nos vimos na obrigação de nos aliarmos a escritores intimidados como: Saíle Bárbara Barreto, Jeferson Tenório, Luís Nassif e João Paulo Cuenca.

Mas não temos enxergado apenas dificuldades. Muitas ações alegraram o cotidiano da diretoria. O prêmio Juca Pato, tradicional láurea oferecida que reconhece o intelectual do ano, vem sendo distribuído para gente das mais valorosas: Milton Hatoum, Renata Pallottini, Ignácio de Loyola Brandão, Airton Krenak e, agora, Laerte Coutinho. Nossas Terças Literárias, programa semanal on-line de entrevistas com escritores, mantêm-se vigorosas, formam um acervo importante de material gravado, testemunha do rico momento artístico atual. E agora, para nossa alegria, nasce o Prêmio Anna Maria Martins.

Falar de Anna Maria Martins para mim não é fácil. Sua partida ainda está muito próxima. Comovo-me. Sinto falta da amiga, batalhadora que tanto fez pela literatura e ainda faz. Basta ler sua obra. Com entusiasmo nós da UBE (União Brasileira de Escritores), entidade merecedora de seu trabalho e engajamento tantas vezes, já que nela ocupou cargos diretivos, mergulhamos na ideia de fazer um concurso capaz de lembrar seu nome, homenageá-la. Está aqui o resultado. Uma coletânea de 15 contos selecionados de um universo bastante significativo, 534 trabalhos analisados. Histórias curtas, gênero percorrido pela autora com tanta maestria.

A edição da Laranja Original faz jus à expectativa, os textos também. Boa leitura!

ANNA MARIA MARTINS EM 1983 NA DIVULGAÇÃO DE *KATMANDU*

© Anna van Steen / OESP

ALGUMAS PALAVRAS

Cássia Janeiro
Escritora e diretora da UBE

ANNA MARIA MARTINS foi uma das escritoras que agigantaram a literatura brasileira. Quando surgiu a ideia de um concurso de contos, nós, diretoras e diretores da União Brasileira de Escritores (UBE), não tivemos a menor dúvida em homenagear essa grande contista, falecida em 2020, aos 96 anos.

O concurso foi lançado em 2021 e superou todas as nossas mais otimistas expectativas. A Comissão Organizadora, presidida por mim e composta também por Eliaquim Batista, Jayme Serva, Maria Mortatti e Ricardo Fernandes, recebeu 746 contos, dos quais 534 foram habilitados, em conformidade com o regulamento (cujo texto pode ser encontrado em *ube.org.br/formulario.php?id=78*).

O júri foi presidido pela filha de Anna Maria Martins, Ana Luisa Martins, que nos honrou com a sua presença e tornou a homenagem ainda mais significativa. Também compuseram o corpo de jurados Cristiane Rezende da Silva, José Carlos Sibila, Luiz Fernando Dezena da Silva, Maria Mortatti e Rogério Duarte, profissionais das letras altamente qualificados para enfrentar a empreitada.

O árduo trabalho das comissões e de todas as pessoas que trabalharam nos bastidores e viabilizaram o concurso, como João Scortecci e Ricardo Viveiros, além do nosso presidente, Ricardo Ramos Filho, foi recompensado não apenas pelo elevado número de participantes, mas pela qualidade do material recebido. Chegar aos quinze vencedores não foi fácil!

O presente livro, que reúne esses contos laureados, é, portanto, fruto de muito trabalho e de uma seleção impecável. Ele nos dá a sensação de um dever cumprido, mas cumprido com alegria, sabendo que o nome da nossa Anna Maria Martins foi honrado. Espero que a leitura desses contos seja prazerosa e que seja um incentivo para autoras e autores de todo o Brasil. Viva a nossa literatura e viva Anna Maria Martins!

ANNA MARIA MARTINS NA DÉCADA DE 1990 Acervo Pessoal

PREFÁCIO

Ana Luisa Martins

Presidente do júri

A CONTISTA ANNA MARIA MARTINS costumava dizer que, embora o compromisso primordial do escritor seja com a literatura, ele não pode ficar omisso em relação a fatos que "estrangulem o ser humano". Denunciar, segundo ela, "é obrigação do escritor toda vez que o indivíduo for aviltado em seus direitos básicos de sobrevivência". E assim justificava a afirmação: "Ele [o escritor] imprime, para sua geração e para as posteriores, o seu testemunho, a visão e a interpretação de sua época".

Acho que é sobretudo isto, um testemunho dos nossos tempos — tempos especialmente sombrios para nós, brasileiros — que temos reunido aqui. Quinze contos que formam um retrato interessante e verdadeiro do Brasil contemporâneo, impresso em frases, parágrafos, observações, diálogos, sentimentos, criatividade e muito trabalho. Sim, porque escrever dá muito trabalho, diferentemente do que imaginam os que nunca tentaram fazê-lo.

Foi, pois, com enorme alegria e não sem surpresa (das boas) que nós, jurados, recebemos mais de 700 contos inscritos no I Concurso Nacional de Contos Anna Maria Martins da UBE. Um número bem mais elevado do que esperávamos e, confesso, de qualidade superior. Não foi fácil escolher os vencedores dentre as dezenas de bons textos enviados por autores dos mais diferentes cantos do país, gêneros e idades, que estão escrevendo bem e passando mensagens importantes — para nós, seus contemporâneos e, se tudo der minimamente certo, para as próximas gerações de leitores brasileiros.

Os temas são vários, mas chama a atenção o sutil tom de denúncia — aquela a que se referia Anna Maria — presente nas entrelinhas da maioria. Nada panfletário, ainda bem. São leves toques aqui e ali, metáforas inteligentes, personagens que pensamos conhecer de perto, indivíduos que foram de uma forma ou de outra aviltados em seus direitos básicos de sobrevivência. Mulheres que sobreviveram ao apagamento de instituições patriarcais; homens violentos aviltados pela violência de outros homens; filhos que sobreviverão, tomara, a lições perversas dos pais; irmãos que sobreviverão apesar de irmãos; miseráveis que inventaram um jeito miseravelmente espetacular de sobreviver; jovens mulheres que sobreviveram ao abuso; jovens mulheres negras que sobreviveram ao abuso e ao racismo; gente que se libertou da prisão do corpo; corpos que se libertaram de padrões; escritoras que sobreviveram às exigências da escrita e dos papéis escritos para elas; sobreviventes do ódio e sobreviventes do amor.

Está tudo aqui. O país atrasado, preconceituoso, machista, miserável, assolado por abismos sociais, o país lindo, alegre, solar, musical, quente, afetuoso, cheio de tradições e contradições em que seus habitantes se encontram e se reconhecem, nem que seja apenas uma vez por ano ou em histórias como estas.

Está tudo aqui, em poucas palavras. Sobre isso, uma historinha: ouvi certa vez de um bom escritor que gostava de mandar cartas aos amigos (escrevíamos cartas então!): "Quando tenho tempo, escrevo uma carta curta. Quando não tenho, escrevo uma carta longa de várias páginas". Nem sempre é o caso, claro, mas parece uma boa reflexão para estes nossos dias atribulados de remetentes e destinatários imediatos e simultâneos. De minha parte, penso às vezes que, dentre os milhares de maravilhas que a internet nos deu (esqueçamos por ora as chatices), uma das mais benéficas foi nos obrigar a ser mais sucintos. Há luz, afinal, no final do texto curto.

E com isso também finalizo, dando parabéns aos vencedores do I Prêmio Anna Maria Martins, votos de novas luzes (leiam-se publicações) aos selecionados aqui e a todos que se inscreveram. Parabéns sobretudo à UBE por esse estímulo à escrita ficcional. Não é pouco num país em que escrever, como se dizia antigamente a respeito do samba, não se aprende na escola.

A escritora e "militante da literatura" Anna Maria Martins, apaixonada pela força do texto curto, estariasem dúvida tão honrada, orgulhosa e emocionada quanto eu, sua filha, de ver seu nome estampado neste concurso da UBE. Mais ainda com o bom resultado de sua primeira edição. Que venham outras!

ANNA MARIA MARTINS EM 2013 © Adriano Vizoni / Folhapress

contos selecionados

1º LUGAR

LIA E O VÃO

Carla Regina Rodrigues Bessa

Rio de Janeiro – RJ

NO DOMINGO EM QUE EU MORRI, ESTAVA CHOVENDO. Ou, para ser mais exata, estava garoando. Aquele chuvisco constante, acompanhado de um leve nevoeiro, fenômeno meteorológico que já foi típico da minha cidade, mas fazia tempo não ocorria. As mudanças climáticas, dizem. Era ainda madrugada e eu ouvi os pingos finos feito agulhas batendo na vidraça, ouvi os braços alvoroçados do vento revolvendo as folhas na calçada, e soube de imediato que alguma coisa havia acontecido comigo. Olhei para o lado e vi as costas largas e peludas de Eduardo, que estava deitado sobre o flanco direito com a mão espalmada na parede. Ele costuma dormir assim, como se precisasse segurar a casa até no sono. Eu me sentei na borda da cama e olhei atentamente para as minhas pernas magras, já meio murchas e um tanto amarelecidas, depois para os pés nus com os dedos finíssimos e rígidos contra a tábua corrida. Pernas de galinha, pensei. Eu sei que exatamente naquele lugar no chão, a madeira solta estala quando se pisa sobre ela, e por isso, deslizei o corpo meio metro para a esquerda, pois não queria fazer barulho e acordar o homem. Por conta de um eterno esporão de calcâneo, a perna cedeu num primeiro momento, mas já conheço essa mazela há tanto tempo que não me importei e segui mancando até o banheiro para me olhar no espelho.

A morte era quase imperceptível e consistia num leve desbotamento na imagem ali refletida, como se estivesse fora de foco, o que alguém dotado de menos senso de realidade remeteria à minha vista cansada ou aos olhos lacrimejantes ao despertar. Mas, eu, não. Entendi que eu já não estava mais ali, ao menos não por inteiro, e que o desfoco era o reflexo do vão entre mim e mim. E era naquele vão que eu me encontrava. Estranhamente, não me surpreendi nem me assombrei. Tampouco achei doloroso. Para ser sincera, experienciei algo que descreveria como uma sensação de alívio. Alívio, proferi baixinho, quase soprei, a boca muito próxima ao espelho, que se embaçou ao contato com o bafo da palavra. E foi como se eu enfim compreendesse a determinação contida no meu nome: Lívia, a lívida. Alívio.

— Lívia! — repeti em voz alta, como se me chamasse.

A caminho da cozinha, esbarrei numa cadeira deixada fora do lugar no corredor, provavelmente pela minha filha que, ao chegar tarde da faculdade, sempre se senta para desamarrar os tênis. Bati com o cotovelo no encosto e levei um “choque”, as fisgadas subiram em ondas até o pescoço. Meu corpo me comunicando que ainda estava ali, a despeito de eu já ter partido.

Colocava a terceira colher de pó de café na cafeteira quando ouvi os passos de Eduardo e me assustei ao dar conta de que ele já estava atrás de mim e me abraçava por trás. Carinhos pela manhã sempre me incomodaram, não sei dizer por quê. Mas nunca falei nada porque não queria parecer ranzinza. E para disfarçar melhor o meu desagrado, eu ainda fingia que estava gostando. O resultado é que, depois de tantos anos, eu tinha a sensação de que também ele já não via graça naquilo, mas continuava fazendo apenas para me agradar e, com isso, os dois atuavam numa encenação grotesca e, o que é pior, para ninguém. E era tarde demais para sair do personagem, a máscara estava pegada à cara. Agora, porém, não era aquele abraço que me contrariava, mas o fato de o meu marido não perceber que eu não estava ali. Eu me virei, tirando as suas mãos da minha cintura, e ele disse: tudo bem, Lívia? Eu resmunguei que precisava fazer xixi, fique de olho no café, por favor.

Aquele domingo passou sem mais imprevistos. Tomamos o café, lendo os jornais em silêncio, como fazíamos há uma eternidade; algumas horas mais tarde, outras pessoas cruzaram o meu caminho, minha filha se levantou e saiu, a diarista falou comigo pelo telefone, não poderei ir amanhã, dona Lívia, meu marido faz aniversário. Ah, dê um abraço nele de minha parte. Obrigada, dona Lívia, e tchau. E assim passei aquele dia, guardando para mim o meu desbotamento, dei uma desculpa qualquer para ir cedo para a cama, não me juntando a Eduardo e meus sogros, que foram jantar num restaurante.

No dia seguinte, o vão continuava lá, entre mim e o meu reflexo, quase imperceptível, e todo o meu drama cabia naquele "quase". E assim foi nos próximos dias. A imagem continuou a se dissipar paulatinamente, tornando-se menos nítida, dia após dia, como naquelas fotos de Polaroide que vão embranquecendo com os anos. Ou como a correspondência por fax com aquele antigo amante, que achei numa caixa fechada no fundo do armário. Ao abri-la, um monte de papel em branco. O texto: desaparecido. Li em algum lugar que toda imagem desaparece com o tempo. E o tempo me pareceu medível nesse desaparecer; a natureza do tempo: o próprio apagamento. Assim, expliquei para mim mesma o fenômeno da minha imagem fugindo no espelho.

No entanto, além de mim, ninguém parecia notar, ninguém sentia a minha falta, já que pensavam que eu estava ali. E havia semanas em que o reflexo de fato voltava, ainda que muito sutilmente; eu intuía meus olhos nos pequenos pontos de luz brilhando lá atrás como dois faróis que despontassem no fim de uma estrada reta e comprida. Mas que logo recuavam e desvaneciam, como se aquela percepção súbita de mim mesma não tivesse passado de uma ilusão de óptica. Ficava a imagem da minha boca levemente aberta, chamando meu nome, Lívia!

Passaram-se semanas. Meses. Anos. Eu me acostumei com a ideia de continuar vivendo, apesar de morta. Seguimos lendo os jornais em silêncio, e meu corpo desengonçado insistia em esbarrar nos móveis. Até que minha filha se formou e saiu de casa. No começo, ela ainda vinha nos fins de semana, almoçava com a gente e se despedia com um beijo na minha testa, sem perceber que atrás da máscara já não havia rosto. Só às vezes exclamava assustada, nossa, mãe, como você está fria! Ela não quis casar nem ter filhos, ah, a minha liberdade, mãe! Depois foi para o exterior, e uma vez por mês, quando muito, vejo-a envelhecer pela tela do computador. Às vezes, reclama da solidão. A liberdade tem seu preço, filha.

Eduardo passou ainda alguns anos me abraçando por trás de manhã e fingindo achar graça em como eu fingia gostar, até que, num domingo chuvoso como aquele em que parti sem que ninguém percebesse, ele morreu no sono, segurando a parede. Minha filha veio para o enterro, a coitada chorou bastante, e agora, mãe? Não se preocupe, querida, eu vou ficar bem. Beijei a sua testa e a acompanhei ao aeroporto.

Quanto a mim, continuo acordando cedo em domingos chuvosos. Continuo olhando para o lado direito e às vezes murmuro baixinho para onde ficava a cabeça do homem: viu Eduardo, a casa não caiu, você se preocupou à toa. E continuo me levantando sem pisar na tábua solta, apesar de não haver mais ninguém a quem eu possa acordar com o barulho. Determinadas fugas, sobretudo as noturnas e solitárias, viram memória motora. E sigo ignorando o esporão de calcâneo e mancando até o banheiro para me olhar no espelho. Estranhamente, depois de ficar sozinha na casa, tenho tido a impressão de que o vão está diminuindo. É uma mudança quase imperceptível e consiste numa leve matização da imagem ali refletida, algo como bochechas rosadas ou um brilho voltando aos olhos. Alguém dotado de mais senso de realidade talvez remetesse a impressão ao reflexo alaranjado do alvorecer lá fora. Mas, eu, não. Entendi que estou retornando do vão. Estranhamente, não me surpreendo nem me assombro. Tampouco acho doloroso. Para ser sincera, experiencio algo que descreveria como uma sensação de alívio. Alívio, profiro baixinho, quase sopro, a boca muito próxima ao espelho, que se embaça ao bafo morno da palavra. É como se eu enfim compreendesse a determinação contida no meu nome: alívio, a lívida, Lívia.

— Lívia! — repito em voz alta, como se me chamasse.

2º LUGAR

O MINEIRO

Marcos Vinícius Ferreira de Oliveira

Cataguases – MG

A TODO ERMO DE TERRA CHAMÁVAMOS DE CAFUNDÓ. Esconderijo de alma torta, dizia nosso vizinho, o velho Tomé. Mas, não garantia o raciocínio, duvidando se era o silêncio que embrutecia ou apaziguava. Para uns, é o purgatório do passado. Tem aqueles, pausava a mastigação do fumo, nos quais o ermo entranha. Fica então o sujeito árido de não prestar para cria. Vista Alegre não é lugar para família, arrematava com um gole de conhaque.

O Tomé cismava com uns ensinamentos. Rodeava os meninos em volta dele, numa cera preguiçosa de depois do almoço e desatava seus achados. Foi ele quem me contou a comprida história do Mineiro.

Não era gente aquilo, começava. Primeiro, falava bem alto. Depois, ia reduzindo o volume e a marcha. Ficava cioso de reconstruir a mixórdia, alinhavando com os fios dos pensamentos. Unia e aproximava, deixava a comparação vir ao natural, sem pressa de colar coisa na outra. Só não perdia o rumo. Queria atinar os efeitos dos cafundós, desvendar se o peão já nasce ou se faz na lida. Encasquetava de perguntar a si mesmo, enquanto nós, quietinhos, emprestávamos nossa admiração nele.

O Mineiro funcionava como os pilares de um alicerce. As paredes todas que o Tomé construía partiam daquela história dele. A cumeeira assentada nos esteios. A vida feita de minúcias. E a elas o Tomé se dedicava com o zelo do pai protetor. Com respiração resfolegante, nada escapava das suas pausas.

No entanto, se fôssemos reproduzir as histórias que o Tomé contava, seria preciso cortar mais da metade. Ficava melhor o enxuto, mas, a coisa em si, perdia a graça. Melhor sempre era ouvi-lo, quando se espichava de comprido ao pé da figueira e desabava de se lembrar das coisas dos cafundós de Vista Alegre.

O Mineiro, ele falava, topara com o diabo antes da hora. Não durara o tanto merecido da sua ruindade. Porque aqui se deve pagar o que só aqui se pode fazer. Para compensar seu mal de todo, carecia de levar umas três existências alongadas. O Tomé não perdoava.

Para não tomar muito o tempo, dou uma mostra breve, de passagem pelo cujo, o Mineiro, ou melhor, Dinaste. Um nome assim, no registro, fez da família inimiga do escrivão. O homem não aceitava botar a descompostura no papel. Mandaram chamar o titular, as moças do cartório, um juiz de paz e ficou, assim mesmo, Dinaste de Góis Aparecido. Até que, em idade de serviço militar, foi para São Paulo. Voltou Mineiro.

Vista Alegre não é lugar para sujeito de conversa solta. Ensimesmado e sólido, soubemos dos tempos paulistas do Mineiro por boca do Tomé, dando horrorizadas notícias do soldado e do polícia que ele fora por lá. O arrazoado entre uma praça e outra, contendo as miudezas todas enfileiradas. Nós ouvíamos aquilo tudo sem entender direito como os tempos autorizavam as barbaridades que o Mineiro levava adiante.

Foi só o homem botar um revólver na cintura para virar o cão. O Tomé falava que um cabo deu um empurrão, ajudou o Mineiro, ensinando a extrair, a fazer falar, contar tudo que tinham na cabeça uns meninos de apartamento. Eram fracos, o homem avisava para o Mineiro. Era só apertar o órgão de acordo. E ele, criado em cafundós, foi assimilando o jeito do outro. Passou a andar, a falar e agir como mandava o cabo. E para a ação nem foi a custo. A pancada não entrou de estranha. Sabia como pegar de jeito um baço, um fígado, um pau de nariz. O sangue nas camisas limpas, escorrendo das barbas ralas. Os roliços emadeirados dando sessões doídas nas solas de pés delicados. De ponta a cabeça, o sangue correndo ao contrário, mesmo os sujeitos mais duros miavam tal se fosse gata no cio. E imploravam à morte, para libertá-los das mãos do Mineiro.

Mas, o Tomé queria saber era se o homem já devia ser talhado em pedra. No que prestava para apreciar, era ruindade em cima de ruindade. Quando soldado, o Mineiro aplicava chave em pescoço e imobilizava, feria com bala de borracha e cassetete, dispersava com escudo e bota pesada. Como polícia, a pancada corria à moda velha. Depois, protegido por um delegado, aprendeu a pôr um monte de ferro fincado debaixo de unha encravada, a dar choque na cabeça e telefone no ouvido, a afogar em barrica de água, a enfiar cassetete, bater com toalha molhada. Mandavam, e ele executava, com gosto. Quando ninguém mais, por pretexto de horror, aceitava avançar na ruindade, ele dizia: "Deixa com o Mineiro". E o cabra que estivesse na mão, cantava sonoro, sangrando à palidez absoluta. "Deixa para o Mineiro", e era só cicatriz. "Deixa o Mineiro", e era certeza. Quem tinha o que cantar, cantava. Se não tivesse, buscasse. Parece que tomou o gosto daquilo e o gosto fez costume nele, dizia o Tomé. Apreciou a tal ponto de não voltar mais para a distância segura, dessa que deixa dormir à noite o sono solto. Vendeu a alma. Aquela, que todo mundo deve ter, mesmo ele, guardada em lugar difícil.

As valas começaram a receber somente uns farrapos inúteis. As famílias, uns bagaços imprestáveis. O Mineiro debulhava gente e moía. Autorizavam, sem garantia de assinatura, e ele acionava, julgava, condenava e executava, desprezando remissão de pecado.

Mas, o Tomé falava, mesmo o sol e a lua têm sua hora de escurecer, de deixar passar as nuvens. E aqueles tempos de São Paulo cessaram. As fardas recolhidas. Não podendo fincar raiz em terreno de concreto, o Mineiro voltou para os cafundós de Vista Alegre. Ajeitou longe da vista umas terras a meia, pôs arames em volta, pendurou o revólver e passou a assinar de novo o antigo Dinaste.

O Tomé falava que a memória é traiçoeira. Fica ali rodeando, fazendo de morta. Uma hora, quando as defesas tiram cochilo, sem mais nem menos, ela vem roer a ponta da corda. Que a gente tem um cadafalso por debaixo dos pés é um fato. Um fato, o Tomé insistia.

Esquecido do mundo, de São Paulo, do passado, das fardas e dos cassetetes enfiados, das mangueiras que despejavam água nos intestinos, nos rins inchados de pancadas, o Dinaste bebia cerveja num balcão. O Tomé não sabia dizer se era um, dois ou mais. Alguém chamou. Ele mesmo nem lembrava mais. E achou mesmo que ninguém recordava o sujeito ruim:

— Mineiro!

Ouviu o passado e se virou, voltando para ele.

Seis tiros. Nenhum não acertou o Mineiro, o Tomé falou.

3º LUGAR

RESCALDO DE SÃO JOÃO

Paula Novais Ferreira Mota Guedes

Rio de Janeiro – RJ

PASSASSE MEU MARIDO SILÉSIO PELA COZINHA a caminho do terreiro, eu já sabia que era no intento de bulir comigo. A passagem que ligava a cozinha com a varandinha de fora era apertada e tinha caminho muito mais folgado que aquele. Se ele escolhia passar de través me espremendo contra o fogão de lenha, era só porque queria se relar em mim com a perna dele. Desde quando a gente se casou em 1952, era assim que ele fazia pra eu me espertar. No começo, eu até socava o pilão mais devagar, quando ouvia a percata dele se arrastando na minha direção. Só que tem que, a cada embolada dessa, o treloso me fazia um filho novo. E com aquela filharada toda — onze no total, dez nascidos vivos —, eu fui ficando mais pacata de pouco em pouco. Feito engenho de fogo morto. Nessa altura, quando Silésio envinha com as chinelas tataranhando, eu tocava pra fora da cozinha, escapulindo com algum menino no colo.

O Silésio é muito limpo e, conforme fala a minha comadre Catirina, ele não anda com mais ninguém além de mim. E eu acredito, porque Catirina é braba que só a gota e foi meu compadre que disse isso pra ela. Meu compadre Petrônio não se faz de enxerido com ela não. Ela dá de cinto nele, se ele andar fora da linha. Já o Silésio nunca me bateu. Então, de quando em vez, eu ainda me deito com ele, de modo a lhe fazer um gosto. Não quero homem aperreado comigo, não. Eu já vi muito homem de paz que nem o Silésio puxar da peixeira depois que bebe. Comadre Catirina conta que, uma vez, a avó dela viu o coisa ruim soprando desgraça dentro da cachaça que o avô dela bebia. Mas eu não acredito nisso, não. A cachaça é que é a mãe da mentira. O demônio só pega emprestado aquilo que o homem vende barato.

E eu dou muito valor pra meu Silésio. De noite, eu ainda sonho com ele. Sonho bem muito. E quando eu me deito com ele na minha cabeça dormida, eu tremeleio de verdade. Parece que a gente está acordado mesmo, mais vivo que pestana de moça risonha. E a gente começa dançando uma música que toca mais baixo e depois vai aumentando, que nem quando a gente gira o botão do rádio pra ouvir melhor, e a música vai subindo, subindo, subindo. Eu acordo com a nuca suada, resfolegando toda, com o rosto quente de dançar e bater coxa com o Silésio. Olho pro lado e o Silésio está lá: dormindo com a boca aberta e um pé pra fora da cama.

Aí eu me levanto pra botar o café e começa tudo outra vez. O corpo já sai da cama moído de tanto menino que carregou enganchado na cintura nos últimos anos. Eu acho que nem consigo mais parar com a espinha reta, porque sempre que eu pegava um filho no colo, um maiorzinho vinha e se dependurava na minha saia, pedindo pra eu dividir com ele o que quer que estivesse dando pro mais novo, fosse chamego, comida ou limpando as ramelas. A verdade é que o meu corpo foi tomando o costume de ficar meio de banda, com um olho no peixe e o outro, no gato.

Mas se fosse só o cansaço do corpo o que me atrasa de deitar com o Silésio, ainda estava é bom. Eu acho que o que eu também tenho é um tico de medo de morrer, se eu pegar barriga de novo. Da última vez, a menina resolveu entalar já quase coroando. Não saía de dentro de mim nem por reza. Foi na última hora que Catirina conseguiu virar ela um bocadinho de lado e ela saiu me arrebentando toda. Quase que ela morre e me leva junto. A bichinha demorou a chorar, mas foi tanto, que dava tempo até de rezar uma Salve a Rainha de trás pra frente... De vez em quando eu ainda tenho pesadelo com isso. Eu acordo atarantada, berrando. Aí Silésio me abraça forte e eu me aquieto.

Sonho bom foi um que tive com ele outro dia dançando comigo todo perfumado. Eu queria que os nossos dias fossem assim de verdade, com ele vestindo uma camisa xadrez de festa, todo elegante. Até relógio de pulso o homem estava usando no meu sonho! Já eu aparecia com o cabelo bem toucado numa rede prateada, a pele brilhando pegajosa, de tanto dançar agarrada nele. E pra completar, eu cheguei a sentir a boca do danado beijando todo meu pescoço. De tão real que o sonho foi, eu acordei assoviando.

Eu desconfio que esse sonho vem de uma música de Luiz Gonzaga, que, sempre que eu escuto no rádio, me faz lembrar do tempo em que eu comecei a namorar Silésio, porque diz assim: "só fico triste quando o dia amanhece/ ai, meu Deus, se eu pudesse, acabar a separação/ pra nós viver igualado a sanguessuga/ e o nosso amor pede mais fuga do que essa que nos dão./ Todo tempo quanto houver pra mim é pouco/ pra dançar com meu benzinho numa sala de reboco". Eu acho até que essa música ainda me serve bem... Eu queria mesmo ter mais fuga do que só sonhar.

Mas não faz mal, não... De sonho em sonho, eu vou escapulindo um bocadinho e acordo com mais vontade de viver. E também vou aguentando a lida de todo dia e a espera até junho, mês de folguedo, mês de São João Menino, de São Pedro e Santo Antônio. Quando chega junho, eu só falto caminhar com a coluna reta de tanta alegria e a gente dança a noite toda. E depois a gente se alivia. É danado de bom poder voltar àquela idade boa, em que, só de ver Silésio, o coração fisgava o corpo. Porque, no mês de junho, eu sonho mesmo é acordada. Em junho, eu sou brasa atiçada. No resto do ano, rescaldo do São João.

4º LUGAR

SOB OS HOLOFOTES

Bruno Macêdo Mendonça

Recife – PE

VICTOR CIRCULAVA PELO MARCO ZERO nas tardes de domingo. Havia muita gente ali. Atravessavam o espaço circular em todas as direções, indiferentes ou animados, conversando, carregando latas de cerveja na mão ou puxando crianças agitadas pelo braço. Havia a gritaria dos pequenos e vendedores de tapioca, para não falar do comércio adiante, o artesanato em mesas montadas nas ruas, os turistas em cima feito moscas. Em vez de ir aos bares recém-inaugurados, Victor sentava-se na estreita mureta de pedra, de costas para o caudaloso braço-de-mar, e observava o movimento com olhos distraídos.

Seus olhos iam do colorido local — o desenho no chão, os tons vistosos das bancas dos vendedores, as roupas chamativas dos passantes — ao celular que trazia consigo para não parecer, em meio àquele formigueiro humano, um extraterrestre. Passava fotos do Instagram de belas paisagens, de cães, de mulheres inacreditáveis, imagens que ele curtia em ritmo vertiginoso. Mulheres semelhantes passavam à sua frente, as saias sempre curtas, as pernas salientes, o viço da juventude pulsando na carne saudável. Não o viam ali, era como no universo virtual, onde tinha poucos seguidores.

Ainda que gostasse de observar o movimento, seus olhos voltavam-se para o aparelho. Vez ou outra, era interrompido por um grito agudo, uma criança que caíra e chorava histericamente, o potoc, potoc, potoc dos cascos dos cavalos da polícia miliar, que circulava posuda, naquele ritmo de jumento exaurido. Quando o sol baixava entre os prédios, formando grandes sombras retangulares na praça, ouvia-se a percussão do maracatu em ruas por trás dos edifícios antigos, o despertar ritualístico de uma verdade olvidada.

Quem o visse, imaginaria que era um indivíduo tranquilo. Um bom observador, contudo, notaria seus pés batendo no chão numa velocidade preocupante. Os psicólogos têm nomes científicos para comportamentos assim. Suspirava, os olhos no celular, mas não era um suspiro suave, expiração ritmada de meditadores budistas. Parecia um desabafo metafísico, um exorcismo silencioso, como se Victor tivesse, após longas reflexões, chegado a conclusões de suma importância para a evolução da espécie humana.

Todos os domingos, a mesma coisa. Os comerciantes conheciam-no de vista. Uns diziam que era um pobre coitado; outros questionavam sua sanidade mental. A aparência de Victor não corroborava as teses. Nada mais banal do que aquele jovem vestido com bermuda jeans e camiseta transada com estampa de dizeres filosóficos ("Deus está morto"); os óculos escuros em cima da cabeça, as hastes atrás das orelhas. Os mais sensatos estavam seguros de que era um garoto de classe média que se entediava. Não se encontrava com ninguém, não tomava uma cerveja, não comia um petisco. Era só o celular e os suspiros.

Um dia, pôs o aparelho no bolso e no meio do círculo começou a pular. Pulava com as duas pernas no mesmo lugar, como se se aquecesse. Imaginaram que sairia dali em disparada, iniciando uma corrida — só era estranho correr de chinelos (sempre vinha de chinelos). Não. Ficou vinte minutos pulando no mesmo lugar, no centro do círculo, epicentro de todas as coisas (sabe-se que Pernambuco é o centro da Terra). "Esse é doido de pedra mesmo", disse o vendedor de pipocas, e agora os colegas se inclinavam a concordar, ainda mais quando o comportamento passou a se repetir nos domingos seguintes. E o tempo em que Victor permanecia pulando foi aumentando.

No início, os passantes o observavam com curiosidade. Apelidaram-no de "o doidinho do Marco Zero". Perderam o interesse. Victor não deixou de notar essa mudança. Então trouxe a bicicleta empoeirada e passou a andar ali, num percurso circular tão curto que perdia o equilíbrio e tinha que botar os pés no chão. "Não sei como é que ele não fica tonto." "Quem é?" "É um maluco das redondezas." "Por que ele fica andando assim, papai", perguntava a criança, curiosa. "Tem doido pra tudo, filho." "O que é doido, papai?" E o pai suspirava: teria que explicar a loucura para uma criança de quatro anos. "É a pessoa que não tem razão." "O que é razão, papai?"

Victor cansou-se da bicicleta. Ou quase. Em vez de andar nela, decidiu erguê-la sobre a cabeça, segurando-a pelo quadro. Primeiro o fez com ambas as mãos, ela na posição horizontal. Ficou parado. "Que diabos está fazendo agora?" Victor suava, não é fácil manter assim por muito tempo objetos acima da cabeça. Estranho, um sorriso ensaiava-se nos lábios, apesar do esforço extremo. Por vezes perdia o equilíbrio, e a bicicleta caía num estrondo de pneus e metais, ocasião em que balançava os braços, distendendo-os, e olhava ao redor, com uma expressão encabulada, tentando estabelecer contato, sem êxito.

Foi um dia inteiro. A bicicleta se danificara aqui e ali. Ele não desistia, domingo após domingo, o mesmo ritual: primeiro sentava-se de costas para o braço de mar, olhando o telefone, a bicicleta encostada na mureta; depois ia para o centro do círculo, levantava-a, agora com uma só mão e, incrivelmente, conseguia sustentá-la sobre a cabeça por bastante tempo. Era uma estátua pós-moderna, mistura de homem, metal, borracha e plástico. Foi se aperfeiçoando. Agora a sustentava por um dos pneus, e ela ficava ereta, como a querer mergulhar no céu.

Passaram a achar aquilo um tanto fora do comum. Victor, na sua imobilidade, punha-se em posição contorcida, o tronco ligeiramente curvado, e parecia um brinquedo quebrado, um boneco surreal, com a bicicleta acima da cabeça. O único movimento era o do guidom que, lá no alto, sofria a influência dos ventos, exigindo do equilibrista verdadeiro tour de force e reposicionamento constante dos membros fadigados. Tinha-se a impressão de que a gravidade se invertera, como se o céu fosse a base onde a bicicleta se apoiava, e Victor o equilibrista sobre o pneu. Talvez fosse o corpo contorcido que gerava esse efeito.

Passou da bicicleta a uma moto. "Uma moto! Mas o sujeito não tem músculos pra isso!" Com a mesma habilidade, primeiro com as duas mãos, depois com apenas uma, sustentava a máquina acima da cabeça, segurando-a pelo pneu. Em dias de domingo, o dia inteiro. Reuniam-se multidões para tirar fotos. Uns faziam selfies, compartilhavam em redes sociais com hashtags: #odoidinhoequilibrista, #oequilibristadomarcozero, #ofenômenodomarcozero. A fama cresceu nos arredores, e quando ele, pela primeira vez, levantou um automóvel, um Pálio enferrujado, a coisa desandou: vieram jornalistas, televisão, rádio, o diabo!

Sua fama espalhou-se pelo país. Vieram carros maiores, um jipe e, por fim, a parte da frente de um caminhão. O domingo era então um caos no Marco Zero, as ruas mais lotadas do que no carnaval. Era o fascínio do circo; os motoristas, irritados, soltavam imprecações; o Recife Antigo tornara-se intransitável. Era hipnótica a visão daquela Scania magnífica, que um empresário emprestara ao rapaz, acima da cabeça de Victor, sustentada por uma mão, a tarde inteira, o olhar do garoto perdido no objeto, seu corpo cada vez mais envergado.

Veio, por fim, a ideia da locomotiva. Ergueu-a num céu azul sem nuvens, com reflexos do metal a vagar pela multidão, sucessivas ondas de luz e sombra ameaçadoras. Abriu-se um vácuo ao redor, temiam que o desafio, desta vez, superasse o artista. Victor manteve-se firme. Era sua obra-prima. Deixou que crianças lhe subissem pelas pernas e pelos ombros. Era possível tirar fotos desses pirralhos escalando a grande máquina fervendo ao sol, na vertical, ó, momento sublime! quem haverá de esquecê-lo? Os meninos trepavam no trem, desenvoltos, como se estivessem a escalar um pé de goiaba.

Durante vários domingos a estátua semi-humana se manteve ali, objeto de admiração imoderada. Victor tinha agora 500 milhões de seguidores no Instagram. Seu feito revolucionou a economia. O país deixou a condição de terceiro mundo. Os números do turismo dispararam, a balança comercial reverteu-se. E tudo fluía no melhor dos mundos, não fosse aquele trágico incidente. Num domingo chuvoso, Victor escorregou mal tinha posto a locomotiva no ar. Veio abaixo o pesado monstro de ferro. Esmagou-o, matou três pessoas e feriu centenas, num estrondo que ecoou pelo mar e fez tremer os alicerces dos prédios coloniais.

Quando finalmente conseguiram remover os entulhos, um trabalho que envolveu guincho, máquinas e veículos pesados ("como ele conseguia sozinho se agora era preciso..."), viu-se o corpo esmagado, uma massa informe, com o sangue seco grudado nas roupas. Num canto, o chinelo partido. Houve lamentação generalizada. Nunca se soube se aquelas lágrimas eram para o rapaz ou para as perdas financeiras que inevitavelmente os comerciantes do local viriam a sofrer. "A vida é assim", disse o guarda no seu cavalo. Potoc, potoc, potoc.

Ninguém reclamou o corpo. A polícia não descobriu familiares ou amigos. "Quinhentos milhões de seguidores...", disse um, iniciando um raciocínio metafísico inacabado. Autoridades sanitárias tiveram que recolher o despojo. Victor virou notícia mundial. Perdera-se o sublime, o supremo e inigualável artista. Pior, deixou-se de descobrir talvez um segredo cujas repercussões eram incalculáveis para a humanidade. Como um corpo daqueles conseguia, apenas com a força do braço, contorcendo-se estranhamente, levantar aquelas coisas?

Aos poucos, o Marco Zero voltou a ser o antigo local familiar. Discutiu-se por muito tempo aquela figura magra e sem graça que realizara façanhas inimagináveis. Há quem não acredite: o tempo aniquila os eventos mais extraordinários. Quando se encontram registros dos fatos em jornais de hoje, gritam "fake news!" A verdade corrói-se; a mentira impera. O pipoqueiro é o mais inconsolável, "como era possível, me digam", lamuria-se.

E um dia, era inevitável, numa grande cidade da Índia, ouviu-se falar de um faquir que com apenas uma das mãos segurava sobre a cabeça um Boeing 747. O peso da Terra deslocou-se mais uma vez. Multidões lotaram cidades do leste asiático, em peregrinação. A humanidade pôde enfim rejubilar-se novamente.

5º LUGAR

O ANJINHO DOS CATECISMOS

Celso Antônio Lopes da Silva

São Paulo – SP

ANDRÁZIO OLHA, PELA FRESTA DO VITRÔ, o polvoroso formigueiro da Rio Branco. O galãzinho ensaia passos ariscos, quer fugir porta afora e respirar o ar da rua. Mas não resiste a si mesmo e ajeita os cachos encaracolados no espelhinho cor de abóbora — um presentinho da Mãe, que vive jogado no quarto e sala. O Pai, o Pai que o esqueça — resmunga o heroizinho, um tantinho amargurado. Defunto que descansa, o Velho. Proibir a viola, pensava o quê?... Então, não podia ser violeiro como os outros? O Velho nunca teve paciência com eles: — uns vadios!.

E pra quê lembrar isso? Desabafa: — A infância passei assim-assim, cortando um riscado. O diabo na cruz, o que eu sofria olhando a surda-muda dependurada. As mãos, essas, ainda hoje sentindo a dor da gaze. Dez anos com os dedos amarrados juntos, enfaixados, pra não tomar gosto pelo instrumento. A viola que ficasse ali — insistia o Pai, me amedrontando. A Mãe, a Mãe tinha que cumprir, senão...

Depois que se penteia, o heroizinho joga-se de quatro atrás do pisante de salto alto. Cinco centímetros de sola, o sapato que vendem na internet. Se o sujeito não cresce, devolvem o dinheiro. Ô diacho de vida, só agora é que descobri o Paco Rabanne — suspira o herói. O difícil foi encontrar o perfume nas espeluncas da Rio Branco. O galãzinho experimenta um pinguinho, mas controla-se, muquirana. Pensou melhor e liberou um tequinho para o encaracolado dos cachos. As madeixas de um anjo, o Anjinho dos catecismos, o narciso.

Agora, agora os dedos em cruz pra chamar a boa-sorte — sorri o galãzinho. Agora, agora as batidinhas na madeira pra garantir o primeiro-prêmio com as Zinhazinhas das Grandes Galerias. Ai, quem dera eu resistisse aos ataques das sainhas curtas — insiste, o malandrinho. Andrázio detém-se, outra vez, diante do espelhinho cor de abóbora. Impacienta-se com os traços de um risinho de lagarto — deixando ver a sua pele rugosa; agora, agora guardar o Paco-Rabanne, e sentir a essência ganhando vida e se exalando lisérgica no quarto e sala, penetrando os espaços e as frestas, bem na hora exata. A hora exata!...

Luciene insiste na campainha. O herói avalia os contornos da Zinhazinha pelo olho-mágico: naturalmente linda e recém-chegada ao mundo dos homens; cabelos louros, entremeados pelos olhinhos verdes da ascendência germânica. A blusinha rosa, de seda fina, deixando ver os seios eretos. As coxas? Ah!... torneadas, torneadíssimas — suspira, guloso e maquiavélico, o galãzinho. Os botõezinhos de madrepérola, enviesados, sustentando o decote generoso de Luciene, que, do outro lado, já ensaia um discurso de amorzinho-doce, só pra atentar. Só pra me atentar — reage, sem modéstia, o petulante. Antes que abra o refúgio, o herói lembra a si mesmo: não esquecer nunca, nunquinha, o sapato de guerra. Tenho pés com defeito, não, mãe! A estatura é que manga comigo. Sou abaixo de menino. A vida inteira eu usando cuequinha infantil!... Um anjinho do bem, Luciene, protegendo o galãzinho da quina da mesa. Ao abrir o muquifo, Andrázio garantiu-se com o peito estufado, segurando a respiração, a todo custo. A Branca-de-Neve desaba em sorrisos, inocentinha que só, a Chapeuzinho Vermelho: "— No restaurante, quando você jogou o bilhetinho, Andrázio, quase caiu no colinho de mamãe. Se pega, me mata. Morri de medo... abusado que nunca vi, você!...".

Um quarto e sala, o matadouro. O sofazinho de canto, a armadilha. O assento largo sem o apoio dos braços, onde as Zinhazinhas se estiram liberando as sainhas curtas sensuais. Veneninho de cobra criada que me endoidece, sorri o galãzinho convencido: deixando meio-a-meio, prossigo pra todo e sempre!... Luciene se derrete amorosa: — Você que não me abuse... não venho mais, quer?... Generosidade folgada, a sainha. Os seios explodindo... Vem, vem... pode me pegar que sou teu! — propagandeia, o demagogo. Luciene provocando os arrepios: "— Sabe, Andrázio...". A frase nem bem ecoa, e o heroizinho já treme. Puxa o escudo invisível e se protege das sílabas que o atordoam. Como pode? Uma molequinha dessas com essa cara de mulher! E tenho lá culpa de atrair essas Zinhazinhas? Tenho, hein? Ou é o mundo que vai virando e revirando desse jeito agridoce. Uns ares de menina, moça, mulher, que topete!... Viu coisa assim antes, Doutor? Luciene adiantada, à espera do novo século: "— Sabe, Andrázio, um coroa, ainda agorinha, me paquerando!... Não se enxerga, o velhote! Serve de meu Pai, o lazarento!...".

Andrázio experimenta o sufoco, sentindo a autoestima desabar em queda livre. O herói sofre o tremor. Desespera-se. Põe-se de prontidão atrás da cômoda. E se a danadinha perguntar-lhe a idade? Aflige-se, o pobrezinho diante do espelhinho cor de abóbora, enxergando, nas entrelinhas do rosto, os pedacinhos e as trincas que se estilhaçam formando rugas e pés de galinha. As mãos ariscas e desobedientes desandam o cálice ao sabor das palavras de Luciene. Flechas certeiras, as frases dessa Zinhazinha no quarto e sala. Rabo de saia me atiçando, comove-se o herói, mantendo os olhos e ouvidos duplamente atentos na psicologia da endiabrada: "— Imagine, Andrázio… o bode velho querendo me levar no motel!"…

O heroizinho atordoa-se. Entre esquivo e sorrateiro, recosta-se no sofá, com o rabinho dos olhos na escultura de Luciene. O quarto e sala da Rio Branco, a armadilha. O sofazinho de canto sem o apoio dos braços, a estratégia. O herói estanca a mãozinha boba, mas não resiste ao gesto. Luciene sem os sapatos, libertando o tempo e o estilo. Estonteante primavera de dois dígitos. Idade 19, 16 e meio, o corpinho. O sofazinho da sala, um tantinho inclinado, a arquitetura do plano — confirma o herói. Um corpinho que se deixa, malemolente, ali, estirado e seminu. Ai quem me dera… os doze botõezinhos de madrepérola que meus dedinhos entreabrem — suspira o herói. A blusinha escorrega ladina, deixando ver a pele nua de um corpo danadinho. A arte emoldurada — garante o safadinho. Os botõezinhos de madrepérola revelam-se almas gêmeas à espera de qualquer mão boba que ande, avance, oriente, caminhe, percorra, ensine, alise, rodopie e faça cócegas… O herói tremelica só de lembrar. Agora, agora deslizar o zíper, dente a dente, a engrenagem entrelaçada caminhando suave--suave sobre a pele nua de Luciene — Um Deus que me acuda — sorri o convencido. O minhonzinho de coxas roliças no puro sorriso. Um filé do Moraes, esse manjar dos deuses — afirma o heroizinho. Rã à milanesa do Parreirinha, o que aprecio por demais, reitera Andrázio, já com água na boca. Hoje, hoje com Luciene, matar a sede. Livrar-se dos botõezinhos de madrepérola: doze, onze, dez, nove, oito, sete, seis, cinco… ensaia o petulantezinho. Luciene sorri, tagarelando aos quatro ventos:

— Alicinha, minha amiga, não vai me perdoar nunca… Eu, quase nua, a bem dizer, nuazinha, aqui contigo nesse sofazinho, Andrázio!…

Um quarto e sala na Rio Branco, o matadouro. O sofazinho da sala com o assento largo, sem o apoio dos braços, o meu golpe — vocifera o ferino. Hoje, se escapo dessa, sou Mariano, um marianinho de Igreja, benzedor de pai-nosso e salve-rainhas. O galãzinho recolhe os pedaços do cálice, atropelado pelas mãos trêmulas. Acocorado sobre o tapete, ouve, sem entender, as palavras que lhe chegam carentes de sentido... ou talvez, um tanto novas, ousadas e vigorosas. Andrázio engole as sílabas dessa ladainha, e sem se dar conta, transforma-se em lobo manso. Um cordeiro-de-Deus somando as contas de três dígitos, insatisfeito com o patrimônio. A dorzinha no peito beirando febre de 39, nenhum verso maior, nenhuma frase maior... só os antibióticos!... Luciene engatilha a arma e aponta o alvo: "— O velhote, quantos anos tinha?... Trinta, penso!... Por quê, Andrázio?...".

O herói sente-se no fio da navalha. Uma fera enjaulada junto às esquinas, entre o espanto e a cópia xérox. Os pés tropeçando sobre os estilhaços de vidro. Quem dera um demoniozinho pra me fazer a mea-culpa, mea-culpa, minha máxima culpa. Agora, agora pegar os caquinhos com as mãozinhas ágeis — suspira o herói. Andrázio suga o "veneninho" que lhe jorra do indicador ferido e revolta-se de vez, transformado numa besta emburrada. Um heroizinho mudo.

Um herói em frangalhos, fora do tempo e lugar. Bandeira a meio-pau, o galãzinho sofrendo um dia-martelo que bate, bate, bate, sem nunca atingir a poesia!...Quem dera o amor antigo, único, não esse, desconfiado, que trucida em golpes de nocaute. Abatido, o heroizinho sente o peso dos punhos de Luciene no seu queixo de vidro. Ela, de pé, as mãos levantadas à espera do troféu, o cinturão do amor. Ele, Andrázio, nocauteado, franzininho que dói. Um a menos na história. O número mil ao contrário — um Mil de tabaréu. O herói debruçadinho sobre si mesmo, os olhinhos parados e suplicantes, teimando em ver os botõezinhos de madrepérola sorrateiros e displicentes ao entreaberto lento das suas mãozinhas frágeis. Taradinho, o que sou — tenta se convencer, o pobrezinho. Um homenzinho abatido no matagal da memória, engolindo seco os prantos de uma viagem sem volta. Leoa no cio, Luciene. Os olhos certeiros, guardando no odre mil verbos à espreita, milhares, à espera de uma paixão fulminante: "— Ora, Andrázio... você não é tão velho assim!... me beija!... beija!...".

Descaidinho, o herói. Um homenzinho surdo-mudo sem o dom de ler os lábios. Carente de linguagem, o infeliz. Um tantinho encabulado no quarto e sala. O galãzinho deitado em curva, como um feto, apoiando-se nas almofadinhas, garantindo os doces afagos da donzela. Luciene alisa os cachinhos do Anjo. Um Anjinho dos catecismos... Andrázio, sem se dar conta, choraminga baixinho, deixando ver, no soluço quase imperceptível, uma lagriminha teimosa misturada à essência do seu Paco-Rabanne!...

6º LUGAR

ARCOVERDE

Thiago Álvares Feital

Belo Horizonte – MG

MAL RETIROU O DEDO DO INTERRUPTOR e percebeu que estava errado. Dicroica, dissera o vendedor, a dicroica amarela deixa o ambiente mais aconchegante. E também mais escuro, pensou. Sobre a pia, ao lado do escorredor com os três pratos de sempre, dois tomates e uma cabeça de alho dormiam desde o dia anterior. Devia ter comprado uma lâmpada neutra, pensou.

O 802 tinha piso de taco como todos os apartamentos da Cardeal Arcoverde. Nem parquê, nem tábua corrida, o padrão em L no chão falava a língua própria daqueles imóveis. Charme vintage no coração de Pinheiros, dizia o anúncio. Vista do corredor que dá para a sala, onde Pedro parou para olhar a iluminação, a cozinha exalava um aconchego deslocado, que só não era mais curioso do que a simetria das samambaias — uma em cada canto da sala, quatro boás de penas verdes. Fáceis de cuidar.

Pedro sentiu que algo bonito e incerto dilatava-se no ar quando voltou para a pia. A cozinha brilhava na cor errada, mas havia uma simpatia naquela estranheza. Levou um longo tempo com a faca em uma mão e a cabeça de alho na outra. Comprava sempre cabeças inteiras, porque queria o frescor e todas as outras coisas que só as cascas conservam. Nunca perguntou se Fernando gostava de alho. Hoje perguntaria. Hoje perguntaria tudo, porque estava cansado de estilhaços, de cancelas, de cercas. Queria a vastidão, a inteireza dos sonhos do outro e tinha fome de ouvir. Arrancaria de Fernando, dos seus olhos fundos, das suas frases curtas, arrancaria a plenitude e o viraria do avesso.

Fernando, Pedro sussurrou na casa vazia, porque queria escutar e ao mesmo tempo guardar para si aquele som, Fernando, que as paredes não ouvissem, Fernando, que as sílabas não escorressem pelo ralo da pia, onde os tomates ainda estavam em estado meditativo, Fernando, eu te amo, Fernando... Gostaria de tê-lo conhecido quando ainda era novo, anônimo e virgem, quando ainda não tremia tanto. Que importa se já não tinha a mesma força e o mesmo corpo? Se ao menos o seu destino ainda fosse um mistério, se ainda tivesse dentro de si aquela multidão de eus possíveis...

Com a idade, tudo era cada vez mais óbvio e transparente. Já quase nada era estranho, e as oportunidades raleavam junto com os cabelos. E as rugas que avançavam inabaláveis, as rugas eram uma vulgaridade que arreganhava as feridas úmidas de todos aqueles eus alternativos que a vida flagelou e depois largou na estrada. Que importa se já não era invencível e se já estava na metade do caminho?

Sem se apressar, havia tempo, pegou um tomate com cuidado. Tinha os dedos traiçoeiros contra a pele vermelha e lisa. Estava doce? Lambeu os lábios e mordeu a casca fina e delicada. Rasgado, o tomate exalou a graça derradeira das coisas que serão mastigadas, e Pedro chupou com sede.

Fernando chegaria às oito em ponto, entraria pela sala, sentiria o cheiro do aromatizador de capim-limão — bom para a criatividade e a concentração, dissera o vendedor. Quando ele passasse pela porta, Pedro sentiria o cheiro amadeirado do perfume que ele usava nos fins de semana. Mordeu o tomate outra vez. Da carne densa, madura e doce explodiu o sumo, o caldo morno, a boca, as sementes, a língua que logo alcançaria o pescoço do outro, o calor do cedro na nuca, o cheiro sobre o travesseiro no dia seguinte... jorrou tudo de uma vez.

Havia verdade no vermelho ansioso daquela pele que cedia à mais leve mordida. Também ele cederia aquela noite. Fatalmente, como uma folha seca que cai da copa, absolutamente e sem imaginação, como um barraco mal construído, ele tombaria diante de Fernando — que era tão sólido e tão firme, como são as coisas novas — e logo estariam pesados sobre a cama.

Espremeu os tomates com a mão. O caldo grosso de mil vidas sobre a terra escorreu sem susto para a panela. Um corpo transformando o outro. Chegava ao fim o tempo dos tomates, como o tempo das palavras se acabaria quando Fernando entrasse, às oito, pela porta da sala e se sentasse no sofá. Depois, as palavras voltariam suadas e ofegantes para dançar juntas uma valsa de duas línguas. A noite inteira.

Passou a mão no cabelo, pensando quão pouco usava a porta da sala. Estourava pela área de serviço todos os dias para não sujar o piso. Mas Fernando valia a porta da sala, o cheiro de capim-limão fresco e os tacos encerados. E a brancura dos lençóis macios, a respiração afunilada no ouvido e os sonhos de relance. Por Fernando, escolheria os melhores tomates nas primeiras horas da feira e descascaria alho todos os dias — se ele gostasse.

Despreocupava-se da receita quando abriu a porta da geladeira e o telefone vibrou um tremor curto dentro do bolso — mensagem. Era Fernando:

"Pedro, eu não te suporto mais."

Colocou o celular na pia, ao lado do alho picado que sofria em desespero. Dilacerados na panela, os tomates tinham ânsias de molho. Fechou a porta da geladeira sem se dar conta. Depois, o gato passou por ele, atravessou o corredor e foi se sentar no sofá com a dignidade que os gatos têm, porque acreditam que existem.

E então tudo desapareceu de uma vez.

7º LUGAR

UM MAGNÍFICO ESPETÁCULO DE AVILTANTE BAJULAÇÃO

Lourenço Paulo da Silva Cazarre

Brasília – DF

— MÃE, O PAI CHOROU!

— Não me diga — a mulher fecha o livro.

— Foi quando parou de cavar — diz o rapaz em voz baixa, inclinando-se em direção à mulher.

— Não acredito — a mulher passa a mão pelo rosto do filho.

— Pois a senhora pergunte a ele.

— Vou ao banho — diz o homem, atravessando a sala a passos largos. —Não nasci para coveiro.

— Me conte o que aconteceu — pede a mulher num sussurro.

— Foi muito rápido — responde o rapaz. — O pai passou a mão nos olhos, mas eu vi as lágrimas, poucas.

— Seu pai chorando? Por essa eu não esperava.

A grande cadela maluca corria que nem uma degenerada. De um salto saía da sua casa e zunia rente ao muro com a vizinha e dobrava à esquerda e, cravando suas garras poderosas no chão pelado, atravessava os dez metros até a esquina e quebrava mais uma vez à esquerda chispando junto à cerca gradeada, ao fim da qual encerrava sua exibição de fúria e perplexidade. Ainda latindo, ofegante, voltava então para sua casa, construída sob a amoreira.

A grande cadela maluca tinha o pátio a seu dispor, mas preferia preguiçar dentro de sua casa. Estendia-se sobre a frescura do piso de cimento alisado, a cabeça próxima da abertura, apoiada nas patas dianteiras. Piscava para a claridade e bocejava. Mordia o ar quente na tentativa de caçar moscas insidiosas. Após a pancada seca dos dentes se chocando, sacudia vigorosamente a cabeça. Moscas do diabo!

De vez em quando, porém, havia um dos tais espetáculos.

Bastava alguém costear o muro do fundo do pátio falando alto ou rindo. Para quê? Esquecida das moscas, ela arrancava para mais uma demonstração de força, velocidade e indignação. Quem era o desaforado que se atrevia a romper o silêncio daquele canto calmo da cidade? Vinham latidos estrangulados pelo espanto e pela ira. Vais e vens de tontear. Repulsa colérica daquela monta, no entanto, não podia durar muito. E ela se dirigia à vasilha de água, mantida sempre na sombra, ao lado da casinha.

No fim da tarde descia da escola uma garotada vasta, de toda espécie. Havia as criaturas muito pequenas que se agachavam e colocavam as mãozinhas pelo meio das grades para receber o carinho gosmento da longa língua vermelha. Havia diabretes maiores que gostavam mesmo era de bater com força as mãos abertas na chapa de metal da cerca para endoidecer a cadela, que de calma não tinha nada. A pobre não sabia o que fazer. Acarinhava as vacilantes mãozinhas assustadas ou latia para a barulhada dos mais taludos?

— A Pirata, cachorra louca! — gritavam os galalaus depois de estapearem o metal sonoro.

— A Piratinha — balbuciavam os pequeninos, entre exultantes e enojados, retirando a mãozinha lambida.

— Vamos chamá-la Pirata — disse a mulher.

— Isso nunca — retrucou o homem. — Não pode ser Pirata porque não tem jeito de cachorra macha. É frouxa, não aguenta cócegas.

— Vai ser Pirata — insistiu a mulher. — O apelido é perfeito. Olha só este olhinho.

O homem pegou a cadelinha e aproximou seu rosto anguloso do trêmulo focinho úmido. Impressionante a negra mancha que circulava o olho esquerdo.

— É um tapa-olho perfeito! — voltou a mulher. — Pirata!

Os olhos míopes do homem, aumentados pelas lentes grossas, assustaram a coisinha branca pintalgada aqui e ali por bolinhas negras, que se pôs a ganir.

— Podia ser Maria Bonita — disse o homem. — No cangaço havia mulheres machonas. Eram ainda mais cruéis que os homens.

— Pirata — teimou a mulher. — Ela nasceu com uma cara perfeita para receber esse nome. Pirata.

— A Pirata — concordou o homem. — Eu cedo. Mas para mim ela será sempre A Pirata. Pirata só se fosse macho, mas não é. A Pirata.

A cadela de pernas altas e musculosas em que aquele nada de filhote se transformou era apaixonada pelo menino da casa. Não digo que desprezasse os adultos e as meninas, apenas não prestava muita atenção a eles.

Quando o menino surgia no pátio, ainda vestindo a farda do colégio, ela encenava seu melhor número: um magnífico espetáculo de aviltante bajulação.

Para começar, enterrava a cara na cerâmica fria da varanda. E com um olho só, desconfiado e brincalhão, observava o recém-chegado. Esperava que ele abaixasse para então saltar e escapar-se do abraço dele. A Pirata, sua doida. Fingia-se de morta, focinho sobre as patas. A sua segunda fuga da tentativa de carinho era ainda mais espetacular. A bem dizer escorregava por entre os braços do garoto, dava-lhe uma lambida gosmenta na bochecha e chispava para o centro do pátio. Ali, latia furiosamente diante do ataque de incontáveis inimigos invisíveis. E, para livrar-se deles, encenava as mais estrambóticas performances sobre a grama. Exibia dentes e garras, rosnava, unhava chão e ar. Mas, de repente, imobilizava-se, exausta. Admitia, por fim, o exagero cenográfico. Envergonhada, baixava a cabeça e varria o chão com as orelhas. A imobilidade, porém, não se delongava. A cadela encostava-se à pitangueira e roçava com gosto e vigor o lombo lustroso. Era o patético ponto final. Dali em diante, dedicar-se-ia a receber as carícias do menino, latindo mansamente aos pés dele.

Um dia, anos depois, a cachorra ficou velha.

Não corria mais pelo quadrilátero do pátio. Não latia para ninguém, nem mesmo para os moleques nojentos que esmurravam a chapa metálica. Penava para subir os degraus que levavam à varanda. Não mais abocanhava moscas. Dormia onde caía. As pessoas batiam à porta da casa para avisar que a coitada, caída no meio do pátio, sob um sol tenebroso, estava tentando se levantar e não conseguia. Não se exibia mais para o menino porque ele, já meio rapaz, de penugem acima dos beiços, não descia mais ao pátio depois da escola.

— Ontem eu vi um rato enorme comendo a ração da Pirata — disse a mulher.

— Ela deixou que ele comesse o quanto quisesse.

— Chegou a hora — retrucou o homem. — Vou comunicar essa triste verdade ao proprietário da besta.

O rapaz não quis conversa.

— Que história é essa, pai? Matar a Pirata?

— Matar, não. Sacrificar é palavra mais ajustada.

— Nunca.

— Nunca diga nunca. Você já deve ter ouvido esta frase ridícula e certeira: nunca diga nunca.

— Nunca.

— Então vá ao pátio — disse o pai. — Da varanda observe a cachorra. Verá que não corre mais, se arrasta. Verá que não presta atenção às crianças da escola. Verá que fica onde cai porque não consegue mais se botar sobre as patas. Ela está viva, porém morta. Isso acontece também com os homens. Muitos morrem antes de perder a respiração. A cadela já não enxerga mais os ratos, nem sente a catinga deles.

Certa tarde veio o veterinário. A palavra nunca fora afastada. Aconteceu debaixo da pitangueira. O doutor explicou tudo direitinho.

— A primeira injeção é para que ela não sinta dor.

A grande cadela magra e ossuda estava deitada sobre as pernas do rapaz que, sentado no chão, recostado contra o tronco da pitangueira, tinha a cara tisnada de tristeza.

— A segunda injeção arrefecerá os batimentos do coração dela.

O rapaz aquiesceu com um vago gesto de cabeça. Foi o que ocorreu. Duas agulhadas. O batuque do coração se enfraqueceu aos poucos. Devagar.

De repente, a grande cadela branca com tapa-olho preto de flibusteiro não estava mais entre os vivos. Repousava deitada no chão umbroso, a cabeça no colo daquele que fora seu pai e sua mãe, um rapaz que um dia fora um menino. A grande cara comprida, espichada pela magreza, exibia para quem quisesse ver a pinta negra perfeitamente redonda em torno do olho esquerdo.

— Deixe comigo — disse o pai. — Ela vai ser plantada ali onde parava a fim de lamber as mãos das criancinhas.

O enterro foi naquela noite.

— Para onde vão as almas dos animais? — quis saber o rapaz, que segurava a lanterna.

O homem parou de cavar. Enterrou a pá no montículo de areia fofa. Passou as mãos pela base das costas. Buscou um cigarro no bolso da camisa. Riscou o isqueiro.

— Sim, senhor, isso é o que eu chamo de bela pergunta. Pois eu vou lhe esclarecer o que se passa com o espírito dos cães falecidos. Vão para um lugar onde há muita água e pouco inseto. Várias vertentes, nem mosca ou pulga. Lá, como ninguém lhes dá comida, voltam a caçar. Apanham bichos pequenos que se entocam nos morros. Preás. E correm e deitam-se à sombra das grandes pedras ou rente ao calor dos fogos de chão.

O rapaz movimentou a lanterna. O homem passou a mão pelo rosto, indicador e polegar drenando os olhos úmidos, e depois acabou de agasalhar na terra o corpo ossudo.

Lanterna apagada, o rapaz saiu na frente a passos ligeiros.

Na sala, aproximou-se da mulher que estava sentada no sofá, iluminada pelo abajur de pé, lendo um livro.

— Mãe, o pai chorou!

8º LUGAR

SORRISO EM FLOR DE PONCIÁ

Flávio Adriano Nantes

Campo Grande – MS

Eu, conforme aprendi com a poeta Conceição Evaristo, só tenho flores para lhes oferecer.
PONCIÁ

Flor, o nome dela era Flor. E ela pareceria uma flor mesmo. Na verdade o nome dela era Florlinda.
NATALIA BORGES POLESSO

PONCIÁ, ANOS DEPOIS DE TER DORMIDO o sono das solidões, se despertou da vida de outrora e mais outrora e já não a queria mais. Livrou-se do peso das desditas e desceu do monturo da violência construída há séculos com base sólida para ela e os seus. Não se despedira de seu homem, tampouco deixou recado com as vizinhas de barraco. Ninguém mais existia na antiga casa-senzala da fazenda; podia agora ir por outros caminhos. Dos seus, guardava lembranças. Lembrava-se deles e criava para si e eles outras histórias e acreditava nelas. Os desenganos deveriam ser feridas cicatrizadas com marca em alto relevo. Ponciá era um amontoado de cicatrizes.

Ponciá cultivava flores no fundo do barraco ao pé do muro alto que dividia parte da favela. Do outro lado havia uma escola de crianças brancas; já era outro bairro, também de brancos, e os seus circulavam por lá apenas a trabalho mal pago. Os filhos da favela estudavam bem longe, cruzavam três bairros para chegar; nesta escola não precisavam pagar. Mas o sonho de ser estudado na favela morria muito cedo porque as crianças pretas logo arranjavam serviço no bairro das crianças brancas em troca de migalhas. As patroas de bom coração davam roupas e sapatos que iriam para o descarte. Tudo servia. Pobre não tem mesmo tamanho de sapato nem de roupa. Havia uma lei invisível, quase uma religião, de que migalhas serviam para os miseráveis e eles deveriam de bom grado aceitá-las, ser extremamente gratos e quase que se desculpar por sua miserabilidade.

Ponciá saía do barraco, levava água na lata de tinta e com a lata de goiabada que servia também de prato regava lenta as plantinhas. Era como se retirasse a poeira acumulada do coração, da vida, do seu corpo. Tardava mais em regar as que davam flor. De tempos em tempos arranjava algum adubo caseiro ali mesmo na favela e passava o dia entre elas, sempre depois do ausentar de seu homem. Não falava com elas, como dizia o conselho, mas lhes sorria, se sorria. Era um sorriso difícil. Sorriso em flor de Ponciá.

Enquanto seu homem silenciava a vida de ambos, conheceu sem conhecer Maria dos Prazeres. E assuntava: como era possível sentir tudo aquilo no corpo, sobretudo sob a blusa, no peito, quando sentada à beira da janela via dos Prazeres passar rumo ao trabalho na cidade? Seria por ter desobedecido às regras e haver passado por debaixo da serpente colorida de sua infância? Será que com ela ao invés da troca de sexo Ponciá mudou de desejo? O angorô de sua meninice não havia lhe esquecido? Era uma negra linda, cabelo trançado, ancas moventes, brilho intenso no rosto todo, olhar ladeado que incendiava o corpo inteiro de Ponciá que se levantava todo para espiar dos Prazeres até que desaparecesse. Alegria, agora, só na boca da noite quando Maria dos Prazeres voltasse da cidade. Sábado tinha roda de samba com as amigas, não adiantava esperar. Um dia, altas horas pela fresta da janela a viu passar rindo alto com as amigas. Teve raiva de dos Prazeres e ódio das amigas. Desejou ser uma delas...

A fama de Maria dos Prazeres na favela era de que colava velcro, punha aranha para brigar, calçava 43, lambia xoxota. Ponciá nem entendia ao certo esses nomes atribuídos a dos Prazeres. Sabia que havia meninas que gostavam de meninas. Se era certo ou não, nem atinava, mas se questionava... Os pensamentos não se materializavam, eram um enovelado de vida, uma bola de jornal, uma palavra indecifrável. Ponciá queria sentir. Mas o quê?

Depois de dos Prazeres, das plantas, outro seu bem-querer era o toca-fitas que o homem (para ela já não era o seu) trouxera de uma casa rica, onde ajudou na reforma. A música a levava para o reino dos afetos. Passara a sonhar com beijos, braços, abraços, pernas, dormir sentindo o corpo-outro e, depois de escutar uma entrevista na rádio sobre o caso de adoção de uma criança por duas mulheres, por que não colar velcro também? Os sonhos de Ponciá passaram a ser outros. O corpo-outro-igual. Mas como se realiza um sonho? Como uma mulher preta sonha? Na favela, sonho era comida para todos, a extirpação da miséria, a cura da doença ou o milagre de falar com um médico branco.

Ponciá ao radinho, sol alto, jogando muita luz na rua empoeirada da favela, escuta um:

— Ei, mulher, tu tá bem, tá?

Ao ouvir, se levanta da banqueta no rápido do susto, corpo queimando todo, abre lentamente a outra banda da janelinha do barraco. Ponciá se transformou inteira num sorriso flor.

— Eu tou bem e tu?

— Hoje tem roda de samba com as minhas amigas, tu não quer vir dançar não?

— Eu não sei dançar.

— Mulher, te ensino.

— Não posso...

— Não pode?! Ah, teu homem.

— É... o homem.

— Não tem nada não, minha patroa viajou, por isso saí mais cedo. Tou indo só para ver a casa e manter a limpeza, e a festa pode ser lá e de dia.

— De dia, é?

— Passo para te pegar de manhãzinha com minhas amigas, depois que teu homem sair.

— De manhãzinha?

— É, mulher, tu vai gostar de dançar. E eu pago tua passagem do circular.

Ponciá ficou inerte, apertou a boca, ajeitou o lenço na cabeça, coçou a testa, respirou fundo.

— Eu vou mais tu e tuas amigas.

Correu até as duas caixas de papelão no cantinho do cômodo do barraco para caçar uma roupa; não tinha quase roupa de sair; só saía para as urgências. Peças mínimas. Saia e blusinha esgarçadas pelo tempo de uso. Sapato debaixo da cama. Como seria uma roda de samba com dos Prazeres e as amigas exibidas? Agonia e desejo. Sorriso em flor. Quase nem dormiu pela prática de seu primeiro crime, sair às escondidas com a falada de todos Maria dos Prazeres.

O homem mal fez rasto, Maria dos Prazeres e as amigas chegaram.

— Mulher, simbora!

Ponciá, já pronta com a única roupa de ir à cidade, sorriu. Sorriso em flor.

Na piscina da casa rica da patroa, fizeram o churrasquinho. A cerveja barata e a linguiça foram compradas com a vaquinha entre as amigas. Dos Prazeres ofereceu um copo de cerveja à Ponciá.

— É amarga.

— Só o primeiro copo, depois fica docinha, docinha, como tua voz, Ponciá.

— Minha voz, é?

— Eu sei que tu me olha de manhã quando passo para o serviço.

— Olho nada!

— Eu gosto de saber que me olha. Perguntei tudo de tu para Zefa Macumbeira, que me disse do teu homem, da fazenda que morava, do teu irmão, do teu vô, de tudo. Tu sabe que eu... eu... eu sou... sapatão.

— O homem já não quero mais meu. Eu não sei o que tu é não, mas eu gosto de tu.

As amigas olhavam de longe, ajeitando o churrasco e desejando juntas, enquanto dos olhos de ambas saíam flechas de fogo que estouravam sobre suas cabeças, e ninguém mais existia na casa rica, só Ponciá e Maria dos Prazeres. O corpo em plena explosão. Os pensamentos começaram a ganhar alguma nitidez. Ambas sabiam de alguma coisa; alguma coisa que não sabiam nomear, mas sentiam.

Dos Prazeres acendeu seu paiero e com gestos articulados fumava e depositava a fumaça perto da boca de Ponciá. Sambava, trazia a outra para si, segurando pela cintura e ensinando pequenos passinhos. Maria dos Prazeres a segurou com as duas mãos pelos braços e a trouxe para si e encostou seus lábios grandes, carnudos, nos de Ponciá. Eram duas sanguessugas amalgamando-se. O cheiro do cabelo, do paiero, do perfume promocional inebriaram Ponciá, que correspondeu ao prazer de dos Prazeres. Duas mulheres pretas em plena comunhão de corpos, o que há de mais sagrado se materializando e destruindo o histórico de dores, apaziguando a vida, reinventando sonhos, solapando os desafetos, pondo em suspensão o mundo circundante. Dois corpos pretos em plena conjunção.

Ponciá voltou sentindo o chão se mover sob seus pés, não ouvia nada senão seus pensamentos ainda na roda de samba, no sabor amargo da cerveja, no cheiro do cabelo-cigarro-perfume, no corpo de dos Prazeres junto ao seu, nos espasmos que seu corpo experimentou quando as sanguessugas se encontraram, no calor úmido entre as pernas de ambas. O sorriso em flor rumo ao barraco. O homem agora era apenas um homem sem o possessivo. O barraco também. Nada mais tinha e nada queria, apenas Maria dos Prazeres. Ponciá não trazia mais o coração dolorido.

Numa favela bem longe, noutro barraco, aos domingos à tardinha, dos Prazeres dava banho no cachorro, Ponciá fazia bolinho de chuva. Bastavam se entreolhar e a chama de algo profundo lhes acendia os olhos. Recolheram mel da flor do mulungu e esparsaram pela vida, o novo barraco, seus corpos pretos unidos.

Elas nada sabem de felizes para sempre, nem se atinam a isso, e juntas se comunicam em muitas linguagens. Talvez o amor seja mesmo composto de um tempo outro, do instante--sempre-depois, da rudeza do começo-solidão, do intratável extirpar. Enquanto o para sempre não chega, elas reinventam a vida, se reinventam, afinal as flores sempre voltam, os sorrisos também.

9º LUGAR

ANATOMIA DE UM NARIZ

Roberto Atihé Curan

São Paulo – SP

SEU NARIZ É TÃO POESIA. Sabe, assim, meio que — tão, assim, poesia.*

São vinte e uma horas, trinta e três minutos, catorze segundos (cuatorze, diria o avô Belisário). O homem do telejornal ainda conversa comigo; sobre Palestinas, pandemias, Palmeiras, pê pê pê — o som do pê, meu deus, como me atormenta —, mas não sobre você. Nadica. Nem uma palavra. Nenhuma palavra.

Desligo a tevê, ligo a vitrola, e coloco A. Calcanhotto, enquanto te aguardo. Danço afiado com a garrafa de vinho em mãos. Combinamos de assistir ao fim do mundo juntos. Juntinhos, carne na carne, unha sob unha, como nos velhos tempos. Velhos! Somos velhos. Escolhemos a senilidade. Re-

* A revisão do conto *Anatomia de um nariz* preservou as escolhas estéticas do autor.

cém chegamos aos trinta, mas nossos trinta são os novíssimos oitenta.

Você prometeu que viria. Olho o céu manchado de escuro lá fora enquanto penso no que te convenceu: o inédito tremor-da-minha-voz na ligação? A certeza irrevogável das minhas palavras? É hoje, eu sei que é hoje, dez da noite, vai tudo acabar — eu disse —, vai tudo acabar e eu quero o calor dos teus sopros uma última vez me arrepiando a pele azul.

E se você não tivesse me atendido? E se você não aceitasse o convite? Como em tantas outras vezes, como em todas as outras vezes depois que terminamos um namoro-espada, não não não, não dessa vez.

Não sei como me deixei acreditar nessa sandice apocalíptica. Fim dos tempos, explosão de mundos, poeira e pó. Pó pó pó. Como me atormenta, o som do pê. Mas acreditei. Fumando um cigarro, entre o gozo e o café, acreditei.

A crença trouxe o choro.

Não chorei pelo fim — que venha, que o sofrimento não vença a batalha, que tudo suma numa alusão ao começo cósmico, começo de tudo. Chorei porque demorou demais. A crise viral foi só uma lasca — quem diria —, não fez nem cosquinhas. Metade do mundo se foi desde então (morte bilionária: pandemias frescas, guerras, pulsos cortados jorrando descrença). A outra metade continua transando com a existência, mas que transa chata. E aí sobro-me eu, nem-morto-nem-vivo, com a constante pergunta: por que a demora?

São nove e quarenta e dois. Por que sua demora? Te avisei, te repeti, entre dez e onze um clarão vai se abrir — implosão, é o que eles dizem, implosão e silêncio.

Pois eu não me silencio, não, enquanto não tiver as suas mãos segurando o meu rosto e dizendo que não, não vai ficar tudo bem, mas pelo menos nós tentamos, não é? Nós tentamos, Johnny, nós tentamos. Nós tentamos? E eu seguro seu rosto de volta e só consigo focar o seu nariz. A poesia.

Quando tudo se for, quando existir não for nada além de uma palavra domesticada para a contemplação dos inquietos, o que sobrará de nós? A memória, amado, é ficção. E não existe carcaça para o inventado.

As primeiras luzes começam a se apagar. Eu posso ver, da janela de meu décimo andar, eu posso ver o breu. É que dizem que o luto pelo fim-fatal fica mais gostoso no escuro. Mas eu não, eu não apago as luzes! Nunca me submeti à convenção, nunca fui o vizinho dos meus vizinhos. Te espero na luz, te espero no calor das lâmpadas que refletem minha náusea, te espero na espera do fim.

Você não chega, amor? Sabe, essa coisa de ser meio assim e tal, como se diz?, meio assim-assado, é. Covarde. Seu atraso é covardia. Preciso aceitar que talvez você não chegue, talvez você não cruze o portãoportariaporta — a porra do pê — e. Mas. Justo hoje? Eu sei, eu sei, não fui homem pra você, não posso te cobrar que o seja para mim. Pois sejamos crianças. Encaremos nossa jornada como se duas

Crianças. Eu e você, perdidos na boca um do outro. Como nos perdíamos em nós mesmos, não é? Saliva-seiva com que você me regava e eu, ah!, eu brava flor a despertar. As brigas, baby, viravam canção de ninar perto do nosso jardim de existência.

Mas aí veio a briga. Não a briga, mas A briga. Sim, aquela, a própria — usurpadora da água mansa. O sangue forjado em vermelho nunca antes visto. Não quis te ferir, você sabe. Mas quis. A prova de que ainda estávamos vivos.

Um pouco mais de vinho, por favor. Eu sei, álcool de novo? você vai dizer. De novo e de novo e de novo, se for preciso. Me entorpeço para encarar o mistério — é que a companhia da sua ausência não basta. Nunca fui de cirandar com fantasmas, sabe como é.

Pois, nove e cinquenta e um e cuatorze (Belisário) e o caos lá fora e a sensação de que poxa, quero viver só mais um pouquinho, sabe? A mãe que nunca amei, queria envolvê-la no meu abraço gelado, mas não menos abraço. E o pai? O pai. Pai, você me escuta aí de cima? Você tem culpa nisso tudo? Todos os mortos em corrida para arrancar as tripas dos seus vivos? Sabe, pai, segure a ansiedade de geral aí nas outras dimensões. Ele, ele, o nariz-poesia, ele ainda não chegou e

Danço mais um pouco. Queria um tiquinho de pó, não vou mentir, uma ou duas carreirinhas para encerrar a existência menos borocoxô. Pó pó pó, pê dos caralhos! Ei, Johnny, meu puto-bico-de-pássaro, apresse o passo. O clarão, vai-se abrir, o clarão. E eu aqui, seu cheiro dentro de um livro, e eu aqui.

Como foi mesmo que nos distanciamos? Sua voz calminha me atropelando com VOCÊ ME ESTRAGA OU VOCÊ É MINHA DERROTA ou simplesmente um zunido ensurdecedor de Ps — P P P P P P P P P P P P P P P P P

e

sua sombra saindo pela última vez. Novembro passado, foi. E um ano depois cá sou eu um lunático das teorias conspiratórias — mas o moço do telejornal, eu percebi a descrença nos olhinhos dele, como se porra-o-mundo-acabando-e-eu-aqui-gastando-meu-fim-pra-falar-das-merdas-nenhumas. E eu sei que você também acredita, acredita a ponto de me atender, acredita a ponto de prometer a visita.

Não quero visitas no meu corpo, mas não as dispensarei caso você chegue, assim, como é mesmo?, cheio de tesão. Mas para isso você precisa. Chegar. Até aqui. Até o casulo em que me prendo há diassemanasmeses. E do casulo não sairá vivo ser — é que ele implode junto com todo o resto. Digo, quando o resto de fato

Implodir.

Passou das dez, Johnny seu grandíssimo filho dos pês. Eu posso pular, sabe? Me antecipar ao resplendor em última tentativa rebel rebel de afrontar os rumos do mundo. Eu, eu mesmo, eu próprio, teu ex-amor-ex-voto-ex-deusmáquina, eu. Uma polpa de tomates no concreto da calçada. Mas meu salto ornamental não me revelará a resposta derradeira: você

tentou

chegar?

Uma coisinha meio doce me crava o peito. Angústia, é o nome. Suas milhares de garras rasgando-me o ar. Bebo mais um pouco, rodo mais um pouco (já não é dança), miro mais um pouco a expansão da noite nas janelas alheias. É, poeta, fracassamos. Falhei em te ter pelos últimos respiros do existir. Descrença T-O-T-A-L, não fosse o eco ensurdecedor das buzinas. Os carros e ônibus e mobiletes tentando chegar a seus destinos finais. Pode ser você. Deve ser você. Mas então

SALTE

desse carro. Prometo escutar a marcha de suas pegadas desesperadas rumo a mim. E se você não chegar a tempo — posso sentir, o clarão na iminência de romper —, pelo menos saberei que você tentou.

Então sorrio. É, você não aportará, mas houve a ode à tentativa. E no meu sorriso bobo, eu cedo e apago as

Luzes. Me permito — a vez uníssona, — em ser como o outro. Os outros. O medo, afinal, é linguagem universal. O medo, a cocacola e o cu, todo mundo tem.

Sento no parapeito. Os pés para fora balançam, eu e você, balançam. E então eu vejo. Um pontinho-estrela-morta que se revela não-estrela; É o aqui, agora. E se expande. Cresce como um bebê fanfarrão. Como um pê (P) determinado a lacerar.

É chegada a hora. O clarão é como, assim — como posso dizer?, o clarão é

o seu

Nariz. E o gosto salgado que adentra minhas gargantas é a fileira

de

lágrimas.

Não sei se preservo o choro ou se tombo em riso. Não sei se eu. ou você. Não sei se tenho alívios ou pavores ou. Pavores. Tenho pavores como brincos na orelha. E quando a luz cósmica me doma a visão por completo, eu escuto. PI PI PI PI PI PI. O som da campainha.

E antes que dê tempo de me desmembrar e atender a porta, antes do fulgor finalmente me soterrar por completo e acabar-com-o-tudo, eu eternizo o último pensamento:

Porra, Johnny, por que não tem nas mãos a chave que nunca te pedi de volta?

10º LUGAR

UMA LIÇÃO

Alexandre Siloto Assine

Campinas – SP

A COISA, O TROÇO, A TRALHA, o negócio, o bicho, o menino — entrou no espaço cimentado do quintal. Vinha arquejando, puxando a perna sangrando, entre outras lacerações mais ou menos estanques. Atrás, o quarto escuro.

— Vai, vem logo aqui — ordena o pai. O filho, rente ao lado, aquiesce, expectante se hoje o espetáculo vai ser bom.

Tudo brilha difuso, no mormaço. O bicho se recolhe num dos cantos, ao lado de um vaso de espadas-de-são-jorge. As mãos calosas, de unhas grossas e desformes, algumas roxas, opõe à tinta ocre da parede, coberta aqui e ali de nódoas cor de ferrugem. Rosto abaixado, expõe aos algozes o couro enodoado, coberto de chumaços. Ao filho ele lembra uma vassoura desdentada.

— Olha aqui, bicho, tenha educação!

Duas hesitações, e a cabeça se levanta. O sol nos olhos mais embaça o lácteo de uma catarata.

— Então, o que a gente faz com o bichinho hoje?

— Não sei — divaga o filho.

— Faz o que então?

— Não sei. Tô cansado desse aí. Tá chato já esse aí.

— É, é uma merda mesmo.

— Sim.

O pai estanca alguns instantes. Olha bem o troço a sua frente, matutando, até decidir-se a entrar pela porta atrás de si, para a casa maior. Demora-se pouco. Quando retorna, o filho observa que traz consigo a arma de chumbinho em punho, o tesouro familiar. Está satisfeito. Bate na madeira, alisa o cano, espera que o filho atente a essas formas de carinho, que também são para ele.

Ao perceber na periferia da visão cabisbaixa a presença da arma, a coisa se encolhe mais no canto oposto ao deles. Vira-se, deixando expostas aos seus senhores as saliências da coluna, as ripas das costelas. Ao filho ele parece uma lagartixa, um réptil, algum animal hediondo.

— Com essa aqui eu matava passarinho na sua idade, fazia uma barbaridade...

— Eu sei, você já contou, você sempre conta.

— Bem, vamos dar um jeito nesse bichinho então? — pisca cúmplice, quase tímido; depois fecha a cara — Também cansei dessa merda.

Olha novamente para a arma enferrujada, não mais carinhoso — analisa. Por fim, apoia-lhe a soleira contra a perna, força com uma mão o cano para baixo.

— Você pega o chumbinho nessa caixinha e nesse buraco aqui do cano você coloca ele, vira pra esse lado...

— Você já ensinou, pai, eu já sei.

— Hahá, menino sabe-tudo, não posso ensinar nada.

Volta num golpe o cano à linha da coronha. Sem cerimônias. Num átimo, mira. O filho, até então tépido, quase distraído, é tomado de súbita atenção. Se agita. O troço na parede está todo retraído, começa a tremer descompassado.

— Atira, atira — sussurra o filho, torcendo as mãos — morre.

O pai brada.

— Ô, seu filho da puta desgraçado, olha aqui.

O filho da puta desgraçado não olha. A bala atinge as costas. O animal desaba e se torce. Grita; chora gutural. Ao filho ele parece um gato quando a gente judia, e dá vontade de judiar mais.

— Agora você.

Olhar incerto. Esperança e medo.

— Não falou que sabe? Mostra agora, sabichão.

Com cuidado, o aprendiz esmera-se por mostrar-se capaz, ciente de que agora lhe é incumbida uma missão, a cumprir com zelo. Repete a alavancada do cano, a colocação do chumbo, o retorno à posição, a mira.

— Olha bem na linha do cano.

Hesitação, concentração. É difícil fazer certo, acertar certo. Se desse para acertar na cabecinha, mas ele fica se virando.

A carne se abre. Acertou! Na bochecha! Sangue!

A face do bicho borbota de vermelho escuro, pegajoso, e o choro se transmuta em rugido, escuro também, entre grunhidos agudos. Ao filho eles lembram os gemidos de um porco quando alguém o perfura, para depois o comer.

É um dom, ele enfim reconhece, um dom de seu pai, no que sente pela primeira vez o que esperava desde o início, a excitação dos nervos, o frio correndo os pelos, o entumescimento do pinto. Hoje o bichinho vai morrer.

Agora, com mais confiança, a brincadeira vai longe. Um tiro, outro tiro, outro — o filho dá três, o pai intercala outro, pra se divertir também.

Vão acabar com todo o chumbinho da caixinha! No fim o troço está lá todo esbagaçado, peneirado, já não faz mais barulho, já não geme. Não respira. O pai está satisfeito. Passa a mão pelos cabelos do filho, que segura a arma em posição marcial.

— A gente chama a sua mãe para jogar o troço no lixo e passar uma água com sabão aí, que tem que dar uma esfregada brava nessa sujeirada.

O silêncio ocupa o espaço entre seus corpos e um punhado de minutos. O sol já desceu e se estende apenas por uma borda das paredes. Sobre a parede do fundo vão secando e enegrecendo as tatuagens de sangue, na textura da sombra antenoturna. Uma mosca pousa reticente, depois confiante, então outras. Alguma sujeira se pegou nas espadas-de-são-jorge, mas quase não se vê.

Se houvesse um nome para isso seria paz.

Finalmente, da cela à frente, de onde o animal antes saíra, irrompe uma presença — o anjo da história abandona as trevas, e adentra a agora penumbra ainda quente do quintal. Não vê, não se vira, não conhece a criança, porque ela não existe, nunca existiu — mas segue em passos resolutos até o pai e o filho. Eles não o enxergam, mas o conhecem, e são reconfortados, como se no mormaço da tarde corresse outra brisa de mormaço. O anjo da história posta-se ante eles. Mira o pai, seus olhos profundamente, e, retorcido de compaixão, abraça-o. Depois ao filho, agachando-se, oferece outro abraço ainda mais terno, mais visceral. Aqui, a esperança. Aqui, o futuro.

O anjo da história recua sutilmente deles. Mais alguns instantes, se esvai, permanecendo. Ato contínuo, o pai recolhe das mãos do filho a arma, merecedora, para ser guardada, e guia-lhe pela mão casa adentro, com ainda outros gestos de carinho, entre arma e filho, indistinguíveis.

— Mulher, vem limpar aqui essa merda toda!

11º LUGAR

DAS COISAS QUE NÃO SABEMOS

Fernanda Caleffi Barbetta

Santo André – SP

NAQUELE EXATO DIA em que completávamos 25 anos cada, ele apareceu em minha casa. Assim que abri a porta, seus braços abertos foram me envolvendo em um abraço tão inesperado quanto a sua visita.

— Feliz aniversário, seu sumido!

Dei um passo para trás e ele entendeu que abria a passagem para que entrasse. Entraram ele, suas roupas caríssimas, seu perfume amadeirado, sua risada exagerada, suas palavras premeditadas, suas novidades desatualizadas, suas insinuações cruéis.

— Não vai falar nada, maninho? — Um diminutivo irritante e sem sentido, visto que temos a mesma idade e eu sou dois centímetros mais alto do que ele.

Confirmando sua insinuação, permaneci calado. Assim como não pedi que entrasse, não ofereci nada, mas ele se ofereceu um café, que eu nem tinha.

— Sirva-me um café, já que deve ter se esquecido de preparar um bolo e comprar algumas velinhas. — riu, com exagero. — Vinte e cinco, hein?

Lembrança 1 — Parabéns para ele.

Quando: Todos os aniversários da minha infância.

Quem: mamãe.

"Pedro, deixa o Jorginho apagar as velinhas primeiro, não seja egoísta, menino. Jorginho, Jorginho, Jorginho."

Nunca apaguei as velinhas primeiro nem segundo.

— Não tenho café.

— Água, então, sirva-me uma água, oras.

Fomos até a cozinha, ele na frente, com interesse real pelos cômodos da minha casa e um entusiasmo dissimulado por minha vida sem graça.

— Mas, e então, como está a vida?

Parou e olhou para trás, aguardando a resposta que ele já supunha graças às conversas constantes como nossa mãe.

— Indo.

— Se tá indo, tá bom. — A mesma piada de sempre.

— E a sua?

— Pois eu já estou com tudo pronto para a partida. Harvard. Volto doutor.

Lembrança 2 — Jorge vai para Harvard.

Quando: há 43 dias.

Quem: Jorge.

Como: por telefone.

"Universidade de Harvard, maninho, sabe o que é isso? Doutorado."

Sim, eu sabia o que era. E todos precisariam saber também.

Lembrança 2 e meio — Jorge vai para Harvard II

Quando: há 43 dias.

Quem: mamãe.

Como: pessoalmente.

"Estou muito orgulhosa do seu irmão. Ele é mesmo inteligentíssimo, muito acima da média."

A média era eu.

Escondi minha reação ao assunto atrás da porta da geladeira, que eu abria no exato instante em que ele enchia a boca para falar a palavra Harvard, com uma pronúncia afetada. Peguei a garrafa de água gelada e despejei no copo.

— Vai quando?

— Em quinze dias. — Bateu uma mão na outra no ar, naquele gesto que significa zarpar, ir embora, sair voando, se mandar. E meus olhos respondiam "vá".

Enquanto me aproximava para entregar a água, que provavelmente ele nem queria, fui decidindo se reagia com um "já? nossa, que rápido!", ou se perguntava sobre uma possível festa de despedida, que eu sabia já ter ocorrido no final de semana anterior. Fui na segunda opção.

— E vai fazer alguma despedida?

— Ih, não vai dar tempo. Faço uma reuniãozinha na primeira visita. Virei visitar você, lógico.

— Lógico.

Lembrança 3 — Cobranças infundadas.

Quando: segunda-feira anterior.

Quem: mamãe.

Como: pessoalmente.

"Não foi à festa do Jorginho, por quê? Ele é seu irmão e merece todo nosso apoio e comemoração."

Não havia sido convidado, mas ela não entendeu essa parte.

"Depois liga pra ele e diga o quanto você está feliz."

Mas eu não estava. Ou estava?

Não sei se pelo constrangimento da mentira, pela verdade em meu meio sorriso ou a vontade de manter certa expectativa, ele ficou em silêncio por alguns segundos. Então, aproveitei para emendar outra pergunta no mesmo nível de constrangimento:

— E a Luiza? Feliz? — Eu sabia que não.

— Feliz?

— Com a viagem...

Bebeu um gole d'água.

— Sim, sim, felicíssima.

— Lógico.

— Você, mais do que ninguém, sabe como ela gosta de mudanças.

Lembrança 4 — Luiza dispensa Pedro.

Quando: há 3 anos, 2 meses, 3 dias, 10 horas, 25 minutos e 8 segundos.

Quem: Luiza.

Como: pessoalmente, com os olhos baixos, o vestido azul, a sandália preta, os cabelos em um rabo de cavalo, alguns fios no rosto, a boca seca (a minha).

"Não posso mais te enganar, Pedro, a gente não queria que fosse assim, aconteceu."

Eles não queriam, muito menos eu. Coisas terríveis sempre acontecem. Comigo.

Deu uns passos até a pia para deixar o copo, passando por mim quase em câmera lenta, provavelmente para observar minha reação, em detalhes.

Antes que o copo tocasse o granito, eu já pisava a sala. Quiçá, mais perto da porta, por onde havia entrado, se sentisse impelido a sair, naquele dia para sua casa, logo em breve, para outro país. Mas, não pareceu estar com pressa, sentou-se bem à vontade em minha poltrona, cruzou as pernas e continuou sua representação de irmão querido. Sentei-me no sofá, na ponta mais afastada de onde ele estava.

— E você, trate de ir nos visitar, hein?!. — Eu sabia que eu não iria. Ele sabia que eu não iria.

— Quem sabe, assim, toma coragem de pegar um avião. Você nunca viajou de avião, né, maninho?

Lembrança 5 — Jorge vai à Disney.

Quando: há quase 13 anos.

Quem: mamãe.

"Só vai o Jorginho, porque você ficou de recuperação. Estude e no ano que vem irá você."

Nunca fui, embora tivesse estudado e passado de ano, nem à Disney nem a outro lugar.

Nunca fui a qualquer lugar distante mais de duzentos quilômetros de casa.

Não respondi à pergunta, que não esperava resposta, tirei seu dedo da minha ferida e coloquei na sua.

— A mamãe deve estar arrasada com sua partida.

— Ela quer o melhor para mim.

— Lógico. Talvez seja bom levá-la para passar uns meses com vocês. A Luiza ficaria mais felicíssima ainda.

— A mamãe? Com a gente? Imagina se ela deixaria o pai aqui sozinho. E você sabe que ele não viaja de avião nem em um caixão.

Lembrança 6 — Papai está morrendo.

Quando: 2 dias atrás.

Quem: mamãe.

Como: por telefone.

"Ai, Pedro, não sei como contar ao meu Jorginho sobre a doença do seu pai. Meu Deus. Ele é frágil, vai sofrer demais. E depois, vai pra tão longe, capaz de desistir. Não fale nada, vou contar pessoalmente, com muita calma, antes da viagem deles."

Mamãe não sabe, mas Jorge não desistiria da viagem.

— Bom, deixemos de falar de mim. E você, alguma novidade, hein, seu danadinho, alguma namorada?

Não respondi, abanei a mão em frente ao rosto, como se quisesse espantar o assunto, mas ele continuou:

— Precisa arrumar alguém, se casar, ter herdeiros. É preciso deixar herdeiros.

Lembrança 7 — Pedro e Luiza não fazem planos.

Quando: há 3 anos, 10 meses, 5 dias e meio.

Quem: Luiza.

"Não quero ter filhos, Pedro, isso de ser mãe me assusta. Acho que nunca vou estar preparada. Deixa esse assunto pra lá. Tem muita mulher que não tem filhos hoje em dia."

Quem era eu para preparar alguém para alguma coisa, para criar filhos e para mudar as coisas do hoje em dia?

— Mas, e vocês? Planos de trazerem a este mundo um herdeirinho? — perguntei, imaginando já saber a resposta, mais uma vez.

Deu um tapa no braço da poltrona, levantou-se e bateu uma palma no ar, eloquente.

— Pois foi este o motivo da minha visita, quer dizer, um dos, além do mais importante que é o nosso aniversário, né, maninho? — Riu, com exagero, mais uma vez.

Afundei-me no sofá, querendo que o encosto macio me engolisse.

— A Luiza está grávida. Gravidíssima. Gêmeos. Assim como nós fomos, quer dizer, somos.

Eu não disse nada, mas o espanto na minha cara e meu corpo forçando um desaparecimento entre o assento e o encosto diziam tudo. Mas ele exigiu palavras.

— Não é uma maravilha de notícia, maninho? Vamos, diga alguma coisa.

— O papai está morrendo.

12º LUGAR

ALEIJÕES

Mário Sérgio Baggio

São Paulo – SP

HOJE, QUE SOU UM POUCO MAIS VELHO, consigo pensar e ver melhor as coisas, apesar de tudo. Consigo compreender o que o universo e o destino fazem com a vida das pessoas, a despeito de tudo de bom que se espera deles — do universo e do destino.

Quando criança, via a barba no rosto de minha mãe e as duas grandes tetas saindo do tórax do meu pai. A mulher barbada e o homem tetudo. Naquela época eu ficava aflito vendo meus pais tão diferentes dos outros pais e não raro me confundia: chamava meu pai de mãe e vice-versa. Ou, para facilitar, chamava meu pai de "Abigail" e minha mãe de "Rodolfo". Fora do circo, eles também evitavam me chamar de menino-elefante. Para eles, eu era só um menino. Tito é o meu nome.

No picadeiro expúnhamos em conjunto nossas deformidades e arrancávamos, todas as noites, gritos de admiração da plateia, que urrava diante da família medonha. Havia gente que cobria o rosto com as mãos mal saíamos debaixo do pano preto que nos cobria no início da apresentação. Mostrávamos a cara e ganhávamos os gritos de horror do público. Poucos aguentavam ver nossos aleijões tão de perto. A maioria tapava o rosto com as mãos para não ver. Não viam, mas estavam ali justamente para nos ver. Pagavam para estar ali e nos ver. Aleijões fascinam plateias desde sempre. Elas querem ver e se horrorizar com aberrações.

Dávamos, os três, um passeio pela borda do picadeiro, bem perto das primeiras filas, ao som tonitruante de Assim falou Zaratustra. Em algumas noites o sonoplasta trocava a trilha sonora pela Quinta de Beethoven. A música potencializava o horror que provocávamos. Depois vinha a apresentação individual.

Meu pai ia até o centro da arena com as mãos na cintura, os seios descomunais empinados e o olhar desafiador. Girava, girava. Alisava o peito e ameaçava desabotoar a camisa para expor as tetas nuas. Não chegava a fazê-lo, mas a plateia delirava mesmo assim. Vez ou outra alguém do fundo gritava Mostra! Mostra!

Minha mãe se apresentava com um espelho oval numa mão e um pente na outra. Girava no centro do picadeiro penteando delicadamente os pelos pretos do rosto, que iam até quase a metade do peito. Ganhava aplausos e gritos de Linda! Linda!

Quando chegava a minha vez o público fazia silêncio. Eu começava a cantar uma canção infantil, mas o som que saía de minha boca deformada e cheia de dentes tortos era débil, esganiçada. Meu nariz, embora proeminente, não era capaz de captar ar suficiente para os pulmões e assim emitir notas poderosas. O que saía de minha garganta era pouco mais do que miados. A plateia gargalhava, batia os pés no chão e gritava Dança, monstrinho, dança! Eu executava uma valsa em volta de mim mesmo, mas o que eu queria era sair correndo dali e me esconder.

No final do número, nós três voltávamos para debaixo do pano preto e deixávamos o picadeiro sob uma mistura de aplausos, apupos e vaias da audiência. O dono do circo vinha nos cumprimentar pelo sucesso e pagar por nosso trabalho. Era assim que ganhávamos a vida.

Abigail e Rodolfo estão hoje enterrados em cidades diferentes, porque circo não tem parada fixa nem endereço certo. Minha deformidade e eu ficamos sozinhos no mundo. O tempo e sua ferrugem corromperam meus ossos, minha alma e meu humor. Virei bicho. Furioso e perigoso bicho, por determinação do destino e do universo. Tiveram que me enjaular para conter minha fúria. Em compensação, meus pulmões aprenderam a armazenar bastante ar e agora consigo soltar gritos potentes e assustadores.

O doutor Leonel, dono do circo, tinha pedido que eu escondesse, nos minutos iniciais do espetáculo, a deformação horrenda do meu rosto. Ele dissera Isso aumentará o suspense da apresentação. E o horror. Eu agora uso uma máscara sobre a face. Muitas pessoas vêm me assistir. Ainda se horrorizam comigo e com o meu aleijão, mas pagam — caro — para me ver. No momento em que tiro a máscara, o público vem abaixo. Aleijões fascinam plateias desde sempre.

13º LUGAR

CLARICIDADE

Érica Nara Bombardi

São Paulo – SP

CANSADA. A CABEÇA LATEJAVA logo pela manhã, talvez pelo esforço de se lhe abrirem as janelas.

A cama por arrumar. Era tão aterrorizante deixá-la assim, alheia às demandas do dia. A cama desarrumada no canto do quarto, por que alisar os lençóis se à noite voltaria a desarrumá-los? E a testa lateja, lembrando-a de que a dor da cabeça não diminuíra, que a luz ainda invadia o quarto. Para que tanta luz se o dia se conduz novamente ao breu da noite?

A hora da manhã antes que todos acordassem era apenas dela, sentimento tal como o da concha a gerar em seu íntimo uma pérola. E suspirou. E a dor de cabeça deu uma trégua, que aproveitara para pensar que faltava o café, depois, teria que se decidir sobre o lanche dos meninos, precisaria colocar a mesa para o marido, limpar as migalhas no chão.

De súbito, o celular vibrou com uma mensagem, era sua mãe, pedindo para que olhasse o site da prefeitura, será que já chegara a vez de vacinar as crianças? Arrebentou-se algo dentro dela, e foi correndo ligar o computador e verificar o site. Nada. Ainda não era a hora de as crianças tomarem a vacina. Suspirou. Um suspiro diferente do anterior, mais bruto e áspero. Se a mãe estava com tanta preocupação por que ela mesma não verificara? Não, a preocupação passada adiante livrara uma da angústia para conferi-la à outra.

E o corpo inteiro lhe doía. Os olhos latejaram. Cansados. A luz do monitor, talvez por ser diferente daquela do despertar e da que transpassava os véus da cortina da sala, lhe doía diferente, como mar gelado da Noruega. Noruega tinha mar? As dúvidas mais estranhas a assaltavam nas horas mais impróprias. E não era a hora de acordar as crianças, de despertar o marido, de varrer as migalhas?

Noruega tem mar? Ela digitou apressada no Google. Antes de verificar as linhas de respostas, percebeu a notificação de e-mails. Havia muitos na caixa de entrada. Uma promoção especial de peças com zircônia, de um site de semijoias em prata que ela acompanhava. Mas não sabem que zircônia não é pedra, por Deus, e que duzentos reais não é promoção? Dois e-mails do trabalho, o atraso em entregar os arquivos era insustentável, que se finalizassem ainda nesta semana. E já era quarta-feira. Insustentável. Quem dizia isso hoje em dia? Amor... O coração tonteou como se ela tivesse um amante e que ele pudesse, por um descuido, colocar um título tão revelador em sua carta a ela. Amor. E a cabeça girou, esquecida da dor e das crianças a esperarem pelo lanche e do marido que não fora acordado e das migalhas no chão. Amor. E ela devorou o texto inteiro. A história de um dia na vida de uma mulher que tem sua rotina trincada por um cego mascando chicletes. Amor. Um conto de Clarice Lispector.

Abandonou-se na frente do computador, mal cabendo na cadeira bamba, a mesma que usava ainda na casa da mãe, quando era adolescente. A vida inteira cabendo nos rangidos de uma mesma cadeira. Quando ela escreveria um conto como esse de Clarice?

Insustentável.

A palavra lhe foi soprada aos ouvidos. E nem fazia tanto sentido. Fechou o e-mail, e seus olhos bateram mais uma vez na caixa de mensagens. Um concurso de contos. Ah. Isso seria interessante. Mas há quanto tempo não escrevia nada de novo e nada como Amor, o conto do jardim botânico, e do cego mascando chicletes. Concurso de contos. Ali, logo embaixo dos demais, escondido, quase esquecido. E ela o abriu e o leu. Enviar um conto inédito e seguindo recomendações de excelência. Pouquíssimos seriam premiados. E haveria um livro incluindo alguns. Até que seria bom. Não que fosse incrível, mas incrível mesmo era sobreviver neste país, incrível mesmo seria conseguir remanejar forças e sonhos e recolocá-los nos trilhos de uma carreira sólida e bem estruturada, enfim ser uma escritora. Como Clarice. Mas Clarice fora uma escritora como Clarice? Não, possivelmente não teria sido. Teria sido assim como ela mesma, ali, perdendo a hora de preparar um desjejum apropriado a toda família, sendo atormentada pelas migalhas que insistiam em sempre estar no chão.

Um latido ao longe a acordou, e ela endireitou as costas, mas, em vez de sair do computador e atender às demandas da vida, abriu um documento Word e escreveu "Um pouco cansada". Ia continuar, relatando como a cabeça se lhe estalara logo ao abrir os olhos, ia falar sobre a luz da manhã que insiste em voltar depois de cada noite e talvez comparar isso ao absurdo de uma cama que tem de ser arrumada a cada manhã mesmo sabendo-se que será desfeita ao se deitar, ia escrever algo assim, mas percebeu que copiava Clarice.

Não. Daria um tempo. Estava ainda imersa em claricidades, por isso a copiava, bastaria dar um tempo para que Clarice se lhe evaporasse, escapasse de seus poros e desaparecesse no árido clima daquele agosto. A quem queria enganar? À tarde já teria perdido esse impulso de escrever e estaria varrendo o chão do quintal, que também tinha lá suas migalhas, sujeiras trazidas pelo vento e cavadas pela cachorra. Não havia espaço para ela na vida dela mesma. Assim como Ana, a protagonista de Amor. Assim como, talvez, a própria Clarice na vida dela mesma e não na vida que ela tinha agora, depois de morta.

Endireitou as costas. A cadeira rangeu. Escutou um murmúrio no alto dos quartos.

As crianças estariam acordando e quase perdendo a hora da aula on-line, o marido estranharia a demora do café, reclamariam o dia inteiro pela sujeira que lhes aderia aos pés ao caminhar pela cozinha.

Suspirou.

Insustentável.

Suspirou, de um suspiro breve, uma expulsão nervosa do ar pelas narinas.

Insustentável.

Estava ali de novo. A voz que lhe sussurrava. Maldita hora que lera o e-mail do chefe, e dera ali de cara com aquela palavra tão deslocada. Maldita hora em que decidira abrir o computador para conferir se a fila da vacina esticara as mãos benevolentes a seus filhos, e aquele sentimento a assaltara, a angústia. E, revivendo o momento em que a mãe lhe instigara a urgência, a angústia voltou a esmurrar seu peito.

Não haveria tempo para escrever nada. Nem hoje. Nem amanhã.

Insustentável.

Não, Clarice, insustentável é essa sua vida depois de morta. Se bem que você teve, sim, sua hora de estrela, suas palestras, suas fotos posadas com rímel perfeito, cabelo escovado, cigarro no canto da boca. Eu queria, só por uma vez, ser brilhante, Clarice, oferecer ao mundo uma carta de palavras brilhantes.

A tela do computador pisca, volta, pisca, e brilha. O documento ressurge, "Um pouco cansada" firme como a linha da maquiagem que delineia o olhar gatinho, e uma ideia estala, uma ideia inusitada. Mal notara o movimento de suas mãos, mas havia selecionado Amor, inteiro, tudo desde "Um pouco cansada" até "soprou a pequena flama do dia", copiado e colado. E já não era uma ideia, mas sim a forja do destino. Salvou e enviou ao concurso. E por dentro se ria, ria-se de Clarice, e Clarice ria com ela.

Insustentável.

E a voz de Clarice tremulava dentro dela, o cigarro no canto de boca, a máquina de escrever ali a seu lado, compartilhando a mesma mesa, as teclas entoando a canção das palavras atiçadas pela arte do bem encadeá-las.

— "Protegia-se trêmula. Porque a vida era periclitante."

Periclitante, Clarice. Quem usa isso hoje em dia? Ela corrigia Clarice, passando o corretivo na folha, interrompendo a digitação da sua vizinha de posto ali na mesa. Periclitante. Tenho até medo de saber o que é. E as duas riram.

Insustentável.

Clarice balançava o toco de cigarro e a outra mulher lembrou que não tinha um cinzeiro. Mexeu-se, alcançou uma folha de A4 e a dobrou em dois, improvisando uma barca para as cinzas. Uma nave fúnebre viking. E talvez fosse a ideia de morte, de um morto em meio às chamas, singrando as águas de um lago gelado norueguês, Noruega tinha lagos?, e a cabeça rebentou de novo. Esmurrou no peito a angústia. Demorou a divisar a margem daquele novo desespero. Ela havia enviado um conto de Clarice como dela? E se descobrissem? E a vergonha?

— "Com horror descobria que pertencia à parte forte do mundo."

Pare de digitar, Clarice! Ou teclar? Como nomear o ato de se pressionarem as letras na máquina de escrever? Ai! Me ajuda aqui. O que faço agora? Como viver sabendo que fiz...

As mãos de Clarice lhe cingiram a cabeça, como se faz com um bebê sendo abençoado. E o ardor nos olhos pelo hálito de cigarro da outra fez-lhe vermelhas as íris, e um soluço lhe subiu.

— "Cansados do dia, felizes em não discordar, tão dispostos a não ver defeitos."

O quê?

E Clarice lhe sussurrou de novo: "Cansados do dia, felizes em não discordar, tão dispostos a não ver defeitos".

Estava certa. Clarice estava certa. E se não discutissem? E se, cansados demais, a escolhessem sem atentar para a real autoria? Escolhessem um engodo, esse simulacro do real? Então estaria tudo bem. Estaria tudo bem. Tudo bem insustentável.

As mãos voltaram à máquina de escrever. Clarice absorta em seu mundo, e a outra mulher imersa na nítida sensação de que a bênção estava desfeita, de se pisar no craquelar da superfície congelada de um lago. A simples repetição de uma palavra a enchia de novos ares, e não eram brisa, daquela brisa que corta a mornidão de uma noite de verão no Rio de Janeiro durante um jantar em família; era a de outro tipo, a brisa que antecede a uma tempestade, a brisa de uma tempestade que chega do além-mar, do outro lado do continente, para rugir ondas contra a mansidão de incautos grãos de areia.

— "Não quero que lhe aconteça nada, nunca!"

Disse Clarice, baforando para frente, olhos postos na cozinha. Café por fazer, o chão de migalhas.

Deixe que pelo menos me aconteça... pelo menos me aconteça...?

E ela não lembrava muito bem do que acontecera no Amor. Mas queria, como relâmpagos no horizonte, a claricidade do estouro.

14º LUGAR

A MÃO DELE

Itaércio Porpino de Paiva

Natal – RN

O PAPAGAIO DO MEU IRMÃO é o que mais longe alcança o céu. Se o olhar da gente bobeia, perde ele no imenso azul. Aí pra achar de novo têm que os olhos acompanhar toda a linha do começo, que é o carretel que meu irmão segura bem seguro com uma das mãos — se escapa, é pra nunca mais.

Papagaio como o do meu irmão não sei nem nunca vi outro fazer. Só com folha de caderno e linha branca da forte que vende lá no armarinho de seu Elias. Por último, meu irmão corta tiras de saco plástico e emenda uma na outra, que é pra dar uma rabiola bem grande e o papagaio poder ficar no ar. Palito de coqueiro no meio, imitando uma cruz, não tem. E a forma é outra diferente do losango (meu irmão me ensinou essa palavra), só que eu não sei dizer o que parece o papagaio dele. Sei que é o melhor de todos. Folha de caderno, sem cor, transformada em alegria de menino.

Quando eu pergunto a meu irmão como ele aprendeu tudo

que ele sabe fazer, ele responde que foi sozinho. Eu acredito nele. Sempre acredito, mesmo que às vezes ele invente coisas pra me fazer de tonto e depois rir de mim. A gente briga e logo já tá grudado de novo, no quintal de casa, no meio da rua, brincando com os brinquedos e brincadeiras que ele cria. Papel vira papagaio, cata-vento, barco que a gente bota no rego da água da chuva pra apostar corrida. Tábua velha vira carrinho de rolimã. Lata de óleo se transforma em carro e até caminhão — cada um lindo! E caixa de fósforo, quando não tem mais palito, vira jogador de futebol. Precisa juntar onze pra dar um time completo, e nossa mãe, coitada, não sabe por que os fósforos nessa casa acabam rápido.

Mas é que os times de caixa de fósforo do meu irmão são tão incríveis! Todos os nossos amigos do bairro — Bituca, Toninho, Ronaldo, Nando, Beto, Vaguinho, Fefeu, Borges — pedem pro meu irmão fazer os times deles. Eles até pagam. Não com dinheiro, que ninguém tem. Trocam por doce, gibi, bola de gude, pião, figurinha, tampinha de refrigerante da coleção com personagens de desenho animado e outras coisas legais.

Meu irmão fica horas no quarto recortando foto de jogador pra colar nas caixas de fósforo que ele já cobriu cuidadosamente com papel branco, não sem antes encher elas de pequenas pedras, que é pra ficarem de pé. Depois faz a bola, redondinha, de vela ou cortiça, e arruma lona pra fazer o campo — o mais parecido possível com o de verdade, pintado de verde e com as marcações do centro, pequena e grande área, pênalti, laterais, linha de fundo, escanteio. As traves meu irmão faz de madeira, e pra rede usa um paninho fino, cheio de furinhos, daqueles de cobrir berço de bebê, porque sem rede dá a maior confusão — a bola entrou, não entrou, foi por cima, não foi — e também não tem a menor graça. A rede é o que deixa o gol bonito de verdade.

No futebol de caixa de fósforo, a gente chuta a bola a gol dando um peteleco, quase sempre usando o dedo indicador e o polegar. Pra botar a bola por cima do goleiro, praticamente o único espaço em que ela passa, é preciso combinar força e jeito, habilidade colocada à prova nos campeonatos que meu irmão organiza, valendo troféu e medalha. A competição dura quase um mês, e até que acabe ninguém quer mais saber de outra coisa. Em dia de jogo, a área aqui de casa fica pequena pra tanto menino, os que jogam e os que só assistem e torcem, esperando sua vez. Cada gol é uma explosão de alegria.

Nelinho vai chutar de muito longe. Chutou... E que go--la-ço! Uma bomba na gaveta que quase fura a rede. Indefensável! Zico tomou pouca distância da bola... Bateu, e é gol. Gooooool do Galinho! No ângulo. O goleiro nem se mexeu.

Depois tem as brincadeiras de rua de bater e apanhar que eu não gosto e que também meu irmão não quer que eu brinque. Ele sabe que eu evito machucar meus amigos. Sofro se um deles sofre. Brinquei uma vez só, porque também dói se sentir excluído. Depois de eu teimar bem muito em participar, meu irmão acabou deixando, mas disse bem sério: você precisa correr o mais rápido que conseguir até aquele poste e se salvar. Se entrar na brincadeira e for lerdo, vai apanhar pra valer de todo mundo, e até eu vou te bater. É a regra da brincadeira. Ele ficou só na ameaça. Não encostou em mim, e também deu um jeito de cuidar pra que eu quase não apanhasse dos outros.

Meu irmão me protege da malvadeza do mundo, das gentes grandes e dos meninos pequenos maiores que eu. Binho uma vez enfiou a mão no calção, pegou na piroca e depois esfregou a mão na minha cara. E eu não tinha feito nada, juro. Um anjo de inocência eu. Meu irmão foi de chute e soco pra cima dele. E depois me deu carão, dizendo pra não deixar nunca ninguém fazer aquilo comigo, e também que era pra eu aprender a me defender, que nem sempre ia poder estar perto, e um dia nem longe ia estar. Chorei com essa última coisa que ele disse. Ele quis saber por que eu chorava e eu menti (mas continuava um anjo de inocência). Falei pra ele que chorei porque minha cara tava fedendo a piroca. Ele riu e eu também. Chorei e ri misturado, com meu irmão segurando a minha mão.

15º LUGAR

VERÔNICA, O MEDO DE SORRIR

José de Anchieta de França Mendes

Ceará – PE

MINHAS FILHAS SEMPRE FALAM que eu nunca sorrio como deveria sorrir. Não sei se elas têm razão, talvez sim, talvez não. Nunca fui de gargalhar, nem no tempo de moça. Às vezes me pego a pensar nisso, me distraio por alguma coisa, e esse negócio de sorriso me vem à tona.

"Mamãe não sabe sorrir... sorria, mamãe, por favor."

Acordo com essa voz nos ouvidos repetidas vezes. São as minhas duas filhas a me atormentarem até nos sonhos. Elas são adolescentes e ainda não entendem as coisas que aconteceram comigo. Elas eram crianças, talvez viram a minha situação, talvez não.

Vim de um lugar chamado Grota dos Infernos. Até o nome me arrepia, e até hoje não sei a razão do nome. Só sei que foi por lá, num lugar ermo, escondido de tudo e de todos, distante demais da cidade, que conheci o meu marido. Amor à primeira vista? Vim saber dessa frase muito tempo depois por conta das novelas, das raras amigas que me cercam onde hoje moro. Não sei se assim aconteceu. Só sei que aconteceu. Surgiu na minha frente pela primeira vez numa estradinha que dava para o rio. Não me lembro o que ele ia fazer por lá, mas foi nesse tempo que o conheci. Era alto, magro, olhos pequenos, bonito. Arrepiei-me, mais de medo do que de amor. Medo do hoje, dos homens, das histórias que ouvi minha mãe contar, apesar de pular trechos maliciosos, buliçosos, para moças não poderem ouvir. Medo do amanhã, de casar, de estar a sós com um homem, coisa que nunca pensei, de ninguém por perto falar sobre, de como era, de como me sair. Medo do muito tempo depois, dos filhos, de não saber criá-los, de não saber como resolver os choros deles. Medo de amar aquele homem de maneira mais forte ou fraca ou não gostar, não amar, não me sentir uma mulher digna. Medo, medo, medo.

Hoje me lembro de tudo o que passei e, de muitas vezes, descobri não haver razão para isso. O meu marido me levou para o altar. Meu pai foi por ir, puxado pela minha mãe, e com cara de bravo. Resmungava como quem não queria o casamento por saber ser o meu futuro marido um preguiçoso. Nas precipitações dos sentimentos, da vontade de sair de casa, buscar vida nova, não acompanhei o pensamento do meu pai. Vim ver depois e depois e depois até hoje. Era um folgado. Mas o meu coração batia forte, acelerado. Poderia sair dos confins daquelas terras para outras nos braços do amado, homem de quem não fui atrás, mas caiu no meu colo. Por falar nisso, nunca soube da boca dele por que gostara de mim. Resmungava qualquer coisa como "você é diferente".

No dia anterior ao casamento, olhei-me no espelho. Não um espelho completo, dos pés à cabeça, mas o bastante para me ver. E não me vi bonita, diferente; era igual a tantas, quanto aos aspectos do corpo. Magra, de cabelos encaracolados, de dedos das mãos longos (e dos pés também), sem atrativos a mais que chamassem a atenção. No íntimo, sabia não ser lá essas coisas, mas sabia que ele iria ganhar uma companheira para o resto da vida, isso eu sabia.

E assim foi. Pelos tempos vindouros, amarguei. Amarguei situações de desespero, medo, raiva, lágrimas, solidão. Ele deu para beber, para dançar sambas, me deixar com as crianças em noites e noites. Sabendo ele o lugar em que vivíamos, na beira da estrada, a casa em descampado. Me vi sozinha, em escuridões lá fora por todos os lados, e o marido na farra, inebriado, a dançar com quem quisesse. Solidão dos diabos, com crianças a mamar, chorar. Nesse tempo de desespero, não havia sorrisos. Havia medo, raiva, desespero, terror. Imaginava mil coisas, desde cobras a descerem pelas telhas, cachorros a latirem pelas cercanias, corujas a piarem avisando mortes. Pensava em deixá-lo, mas ir para onde? Para os meus pais não voltaria nunca em estado de remorso, de jogar fora toda uma vida, e ainda a escanchar duas crianças a mais. Imaginava outra mulher a agarrar-se com ele, a dizer coisas indecorosas, a me trair feito um sem-vergonha. Não dava para sorrir, nunca.

Houve um tempo, depois de as crianças tornarem-se adolescentes, de Martins evitar a minha companhia quando íamos à rua. Vivíamos longe da cidade e para chegarmos lá era necessário subir num pau de arara, comum para aquelas bandas. A princípio achei estranho, mas para não me aborrecer, não me molestei por causa disso e, até hoje, é assim. Se eu mencionar que irei à rua, ele não vai, e só me diz que vai em cima da hora, para evitar o meu desejo de ir também. Nunca falamos sobre isso e nos entendemos à nossa maneira, mas intimamente me sinto rejeitada, mulher sem marido, a andar pelas ruas sem companhia, a não ser com as minhas filhas uma vez ou outra. Nada mais constrangedor do que me sentir só, solta pelas ruas da cidade, em compras nos mercados e feiras.

Mas um dia o sorriso veio. Diferente, mas veio. De uma forma suave, aos poucos e tornou-se meu, só meu. A solidão, sem nenhum desespero, mas pela minha vontade educada pela religião, ajudou-me a sorrir.

Não sou uma cristã fervorosa, devota por esse ou aquele santo, sem uso de qualquer sinal no corpo ou nas paredes. Sou cristã ao meu modo e gosto de ir à missa. Não todas as vezes, apenas quando o padre Alfredo aparece na comunidade. Não sei a razão disso, mas os seus olhos, a sua fala, o seu modo de gesticular me fazem pensar besteira. E num desses dias, em um domingo qualquer, fui pega em flagrante pela minha filha mais velha.

"Mamãe mudou ", disse ela entre mim e a irmã;

"Mudou como?"

"O sorriso. Não vi um sorriso fácil, mas os lábios abriram-se diferentes e os olhos brilharam."

Fiquei parada, sem fala, à espera de uma sentença. "O sorriso dos deuses?", perguntou a mais nova.

"Não era qualquer sorriso, porque ele se juntava ao olhar, e o brilho em conjunto. Brilho diferente, de quem estava vendo algo novo, mesmo sem vivê-lo, acho."

"Você está indo longe demais, minha filha".

"Até comungar mamãe atreveu-se, coisa que há anos nunca mais."

"Quer dizer? O padre?"

"Parem, não vamos falar mais nisso."

Noutro domingo não fui, mas a vontade era enorme. O que sentia por aquele homem, quer dizer, padre, não sabia exatamente. Não o via como um padre, mas como um homem qualquer; não o via como um homem, mas como um padre diferente. Sei lá, tudo ficou confuso. Não o via como um amante platônico, mas como uma pessoa envolvida por uma aura boa e que me abalava o coração.

Não fui mais à missa. Não mais sorri como deveria, e minha filha nunca mais me cobrou essa anormalidade dos meus lábios.

© Laranja Original, 2022
© União Brasileira de Escritores, 2022

COMISSÃO ORGANIZADORA
Cássia Janeiro [presidente]
Eliaquim Batista
Jayme Serva
Maria Mortatti
Ricardo Fernandes
JÚRI
Ana Luisa Martins [presidente]
Cristiane Rezende da Silva
José Carlos Sibila
Luiz Fernando Dezena da Silva
Maria Mortatti
Rogério Duarte

COORDENAÇÃO EDITORIAL
Filipe Moreau
Jayme Serva
PROJETO GRÁFICO
Estúdio Arquivo [Hannah Uesugi e Pedro Botton]
REVISÃO
Ieda Lebensztayn
PRODUÇÃO GRÁFICA
Bruna Lima

Dados Internacionais de Catalogação na Publicação (CIP)
(Câmara Brasileira Do Livro, SP, Brasil)

Primeiro Prêmio Anna Maria Martins : contos selecionados / [organização Jayme Serva; editores Filipe Moreau, Jayme Serva]. – 1. ed. – São Paulo : Laranja Original, 2022.

Vários autores.

ISBN 978-65-86042-36-8

1. Contos — Coletâneas — Literatura brasileira 2. Prêmio Anna Maria Martins I. Serva, Jayme. II. Moreau, Filipe.

22-105775 CDD-B869.308

Índices para catálogo sistemático:
1. Contos : Antologia : Literatura brasileira B869.308

Maria Alice Ferreira – Bibliotecária – CRB-8/7964

LARANJA ORIGINAL EDITORA E PRODUTORA EIRELI
Rua Capote Valente 1198 Pinheiros
05409 003 São Paulo SP
11 3062 3040
contato@laranjaoriginal.com.br
@laranjaoriginal
laranjaoriginal.com.br

FSC MISTO Papel FSC® C027686

FONTES Tusker Grotesk, Trade Gothic Next e Crabath
PAPEL Pólen Bold 90 g/m^2
IMPRESSÃO Ogra Oficina Gráfica
TIRAGEM 300